魔法の夜

ENCHANTED NIGHT

スティーヴン・ミルハウザー
柴田元幸 訳

白水社

魔法の夜

汝、夜を昼に変える
目も綾に眩《まばゆ》き女神。

落着かない

南コネチカットの暑い夏の夜、潮は引きつつあり月はいまだ昇っている最中。十四歳のローラ・エングストロムはベッドの上で身を起こし、上掛けをはねのける。額は湿って、髪も濡れている気がする。半開きの二つの窓の網戸を通して、コオロギたちのギシギシいう声と、遠くの高速道路を車が疾走するおぼろな音が聞こえる。十二時五分過ぎ。ご自分のお子さんがどこにいるか知っていますか？　部屋の中はひどく暑く、熱は彼女の喉を締めつける手。動かなきゃ、何かしなくちゃ。閉じた、わずかに持ち上がったブラインドの縁を通って月光が流れ込んでくる。この部屋じゃ息ができない、この家じゃ。よぉ、何とかしろよぉ。しろって。コオロギたちがますますやかましくなってきた。刈られた芝の香りが、四ブロック先の浜辺の引き潮の匂いと混じりあう。彼女は自分があそこに、夜の浜辺に、いるところを想像してみる。低い波が砕け、砂がザクザク鳴り、救命係の椅子が月光の下で高く、白く、くっきり浮かび上がる。でもそう考えると不安になってくる。無防備に身をさらしている気がする。月光に照らされた、開《ひら》けた空間に立つ、こっそり見られている女の子。誰にも見てほしくない。誰も私の体のことを考えてはならない。けれどこの部屋にはいられない、絶対に。いますぐ、いまこの瞬間何かしないと大声を上げてしまうだろう。皮膚の内側がチクチク痒《かゆ》い。骨がチクチク痒い。じゃあどうやって骨を掻く？　ローラはベッドのかたわらに敷いた組み紐編みの敷物に降り立ち、ジーンズを穿《は》く。すごくきついので、銅のボタンを穴に通すのに息を吸って元々平らなお腹をさらに凹ませないといけない。ナイトガウンを頭から脱いで、白いTシャツを着て――ブラはなし――デニムのジャケットを羽織る。ひとつのポケットが膨らんでいる――半分残ったライフセイバーズ・キャンディ。ここから抜け出さなくちゃ、息をしなくちゃ。息をしないと死んでしまう。こんな部屋にいたら死にそう。
遠くへは行かない。

夜の声たちのコーラス

今夜は啓示の夜。人形たちが目覚める夜。屋根裏で夢見る者の夜。森の笛吹きの夜。

屋根裏の男

ストラップのない腕時計でちょうど午前零時に、ハヴァストローはＨＢの黄色い六角形鉛筆を机の上、広げたリングノートのかたわらに置き、椅子の背に寄りかかる。少しのあいだ眩暈《めまい》がして、机の縁につかまる。屋根裏部屋は暑い。かたかた鳴る二十年物のウィンドファンが、熱気を外に引き出して涼しさをあとに残していくはずなのだが、空気はむっと澱《よど》んでいる。本棚がぎっしり並ぶこの部屋は、母親の寝室がある二階の上に位置している。ハヴァストローの寝室もやはり二階にあるのだが、屋根裏書斎の古い客用ベッドで眠る方が彼には好ましい。マットレスは寝ると凹むし、足ははみ出すし、冬は暖房も貧弱だが、そもそも快適さを求めているのではない。ハヴァストローは三十九歳で、六十六歳の母親と一緒に暮らしている。過去九年間、彼は壮大なプロジェクトに、記憶をめぐる実験に取り組んできた。これが完成すれば、いままでやってきたことの正しさが証されるはずだ。今夜は執筆も上々に進んだ。少なくとも、悪くはなかった——もっとも、アイデアに引っぱられて少々脱線してしまったけれど。プロジェクト全体が、人生全体が脱線してしまっているのではという思いに彼は突然襲われるが、その思いのあまりの恐ろしさに、急いでそれを抑えつける。外へ出て、夜の中を歩かないと。彼の起きている時間は三つに分割されている。午後一時から六時は昼を過ごし、七時から十二時まで書き、十二時から朝の五時までは夜を過ごす。朝の五時から午後一時まで眠る。母親との夕食は六時から七時——かならず。作品が出来上がれば、いままでやってきたことの正しさが証される。みんなわかってくれるだろう。見直してくれるだろう。ハヴァストローのこと、覚えてるかい？　ほら、屋根裏に住んでた奴——あいつがさ！　どうやら。何と。んだってさ。外へ出て、歩かないと。首の折れ曲がるフロアスタンドを消して、クッションを敷いた古いキッチンチェアをうしろに引いて立ち上がり、軽い眩暈がするのは心配した方がいいんだろうかと自問する。もうじき四十の、沼にはまり込んでいる男。腰が痛い。目がひりひりする。生きることが痛い。正しさが証されるはずだ。ストラップのない腕時計を手にとってポケットにつっ込む。部屋を横切り、天井の明かりを消して、屋根裏の中の未完成の部分、思春期の忘れられたゲームや幼年期のぬいぐるみがひしめく中を抜けていく。彼は決して何ひとつ捨てない。どこかの靴箱に、三十年前のシリアルの箱に入っていた景品がみな、カサカサ鳴る透明なビニール包装に入ったまま取ってある。古いたんすのひとつの引出しには、誰も聞いたことがない古い風船ガムカードが積まれている。サイエンスフィクション・カード、映画スターカード、消防車カード。白いストラップから垂れた古いパトロールボーイ・バッジや、BB弾の穴がいくつも空いた古い紙の標的までまだ持っている。こんなガラクタみんな始末すべきなのだが、それは子供時代を捨ててしまうようなものだろう。ハヴァストローは屋根裏の木の階段を爪先立ちで降り、暗い二階の廊下を進んでいって、眠っている母親の前を過ぎ——母の寝息が聞こえる――絨毯を敷いた階段を降りていく。暗い踊り場で、黒い、見えない絵の前を通る。北斎『神奈川沖浪裏』。頭の中で、黄色い小舟、小さな白い頭、子供のころ彼を怯えさせた大波が活きいきと見え、遠くに富士山の、波のような頂が見える。絨毯敷きの階段をさらに降りて、玄関に出る。グラグラの洋服掛けのフックから青いナイロンのウィンドブレイカーを外す。母親は眠りが浅いので玄関のドアをそっと開ける。外へ足を踏み出すと、紺色の空高くに、大きな白い夏の月が見える。気持ちが明るくなる。夜は彼を許してくれるだろう。

マネキンの夢

メインストリートにある百貨店のウィンドウで、マネキンは自らの夜の美しさに包まれて立っている。赤く照らされたウィンドウでは黒く見える深緑のサングラスが、いまその秘密を明かしている。すなわちこのサングラスは一種の装身具であって、それをかけているのはひとえに、小さい華奢な鼻と、くっきり形のよい唇の優美さをきわ立たせるため、全体に魅惑的な神秘の雰囲気をかもし出すためなのだ。淡い色の、バラの花弁のように柔らかいサマードレスは、ほっそりした腰と、ほんの少し前後にずれた長い長い両脚にぴったり貼りついている。つば広の、白い麦わら帽子は斜めに傾けてかぶり、白い革のサンダルを履いている。信号が赤から緑に変わるのに合わせて、硬い、サテンのような肌が、赤いほのめきを、そして緑のほのめきを放つ。一方の、むき出しの腕は前方に持ち上げられ、指が優雅に伸ばされて、普通の人間だったら挨拶のしぐさとなるだろうが、彼女にあってはそれは、自分自身に浸りきった完璧な輪を閉じるものにほかならない。そのポーズの硬直性が、マネキンの中に秘密の欲望を呼び起こす。彼女は解放を夢見る。ガードを解くことを、動きへと生々しく墜落することを夢見る。時おり、自分はただ待っているだけなのだ、意志の力を少しだけ緩められる瞬間を待っているのだという気がしてくる。そのとき美しい腕は落ちていくだろう、重々しい不動性は運動へと溶けていくだろう。考えることも不可能なその恍惚の瞬間、すべては変わるだろう。彼女は永久に自分自身を置き去りにするだろう。こう考えて、両足に疼《うず》きを覚えるなか、新たな用心、新たな硬直が訪れる。彼女が絶対にやってはならないことがもしひとつあるとすれば、それは、己の正体をさらすことなのだ。

無法者たち

ミセス・カスコの家に向かうハヴァストローが高速道路の陸橋の下から歩み出ると、道路からひっそり離れて建つ低い白煉瓦の建物のかたわらの黒い木々の中で、何かが動くのが見える。この建物がボールベアリング製造会社の本社ビルであることは知っているのだが、ハヴァストローは頭の中でこれを何トカカントカ・ビルと呼んでいる。この土地がまだ高速道路の土手と、ピクニックテーブルのある裏庭にはさまれた木深い一画だったときのことを彼は覚えている。今夜、駐車場の街灯からの光が木々を薄暗く照らし、黒い、目に快い影のかたまりをいくつも作っている。

いま闇の中に消えていくのは女の子の姿だろうかとハヴァストローは考える。かねてから町を荒らしている無法者の一団を彼は思い浮かべる。女子高生五、六人の一団が夜に人家に押し入り、キッチンから食べ物を奪い、冷蔵庫マグネット、歯ブラシ、眼鏡ケースといった些細な小物を盗んでいく。彼女たちはかならず、鉛筆で几帳面な大文字で**私たちはあなた方の娘です**と書いた紙を残していく。女の子たちは狡猾であり、準備もぬかりない。鍵のかかっていない裏口や地下室の窓から侵入し、音もなく家に入っていって、ひっそり出ていく前にかならずしばし居間に座っていく。一度、彼女たちの三人が、暗いキッチンを滑るように抜けていくのが目撃されたが、午前一時にキッチンでジョニーウォーカー赤ラベルのグラスを手に座っていた女性が悲鳴を上げて立ち上がり明かりを点けると、女の子たちはもういなくなっていた。町の母親たちは心配し、警察に頻繁に電話するが、ハヴァストローは興味を抱いている。彼女たちの自由さ、大胆さ、侵犯を楽しんでいる様子、つねに漂わせている醒めた態度が彼には羨ましい。僕の家にも侵入して物を盗んでくれれば、とハヴァストローは思う。

窓

　枕に載った彼女の髪に青い色合いを加えているデジタル時計によれば、いまは十二時半。二十歳のジャネット・マニングは、二階にある広い寝室で突然目を覚ます。小石が一個窓に当たった。小石が、あたしの部屋の窓に当たったの？　真ん中が凹んだビーチバッグを置いた暗い机のかたわらの窓に飛んでいって、ブラインドを上げ、月に照らされた裏庭を見下ろす。サトウカエデの木からブランコのロープが垂れている。月で明るいがらんとした庭には、車庫の影と、月に照らされた芝生の眩《まばゆ》い青味がかった緑があるだけ。芝はあまりに緑で、あまりに不思議に月っぽく緑であり、緑よりも緑に見える——絹のブラウスの緑、瞼の緑、日なたと日蔭を転がる透明なおはじきの緑。計画も取決めもしていないけれど、首に白いタオルを巻いて浜辺に立つ彼は、意味ありげに彼女を見て、明日まで待てないよ、と言ったのだ。そしてジャネットは、じゃあ待たないで！　と言って笑った。馬鹿な笑い！　まるっきり阿呆の笑い！　ジャネットにとって彼はあまりに美しく、その頰骨が濡れて日を浴びて光っているのを想うだけで大声で叫び出したくなる。落着かない思いで彼女は指を一本髪に挿《さ》し入れ、またパッと引き抜く。この髪、見られたものじゃない。寝床に戻った方がいい、シーツを頭から被《かぶ》って、一人で生きるんだ、一人で死ぬんだ、でも彼女は窓辺に膝をついたまま、眠気交じりに切ない思いで起きている。夜はジャネットに一枚の絵画を思い出させる。一面に青い夜空が広がり、てっぺんに大きな白い月が浮かんで、下の縁近くには白いコスチュームを着た道化師がいる。雪の冷たさを偲《しの》ばせる光、青く澄んだしいんと静かな空気。庭の静寂を見下ろすと、突如彼女は六歳になっていて、眩い冬の月の下で新雪に輝く同じ庭を見下ろしている。

森の笛吹き

町の北側の森から、笛の暗く甘美な音色が聞こえてくる。ゆっくり波打って音は高まり、低くなり、ゆっくり波打ってふたたび高まり、ふたたび低くなり、絶えまないゆっくりした高まりと低まりが執拗に続く。暗く呼ぶ音《コール》、物憂げな落下《フォール》。あるいはただの鳥の歌かもしれない——暗い木々の中で歌う鳥たちの。

丘の上で

白煉瓦の建物の裏手の木深い斜面で、団の首領はしばし立ちどまり、首を横に傾け左手を上げる。彼女は背の高い、骨の長い、引き締まった体つきで腰も細い女の子で、きついジーンズに黒いパーカー、短く濃い金髪は両側とも耳のうしろに撫でつけている。首に掛けたゴム紐からは黒いアイマスクが垂れていて、人の家の庭に入るときはこれを顔に着ける。ポケットにはペンナイフが入っていて、襲われたら使う用意は出来ている。強いられても絶対にマスクを外す気はない。彼女の名はリンダ・ハリスだが、団では〈夏の嵐《サマー・ストーム》〉と名のっている。やはりみなジーンズを穿いて黒いパーカーを着ているほかの女の子たちが、彼女の下で立ちどまる。誰もが気を張っていて、両腕に力を込め、頭を上げている。〈夏の嵐〉の耳に何か遠い音が聞こえる。高まっては低くなる、かすかな音楽。それは彼女が覚えている、あるいはいまにも思い出しそうな何かに似ている。もっと近く、下の道端の砂利を踏む音が聞こえる。彼女はうしろに下がる。葉むらごしに、紺色の空に浮かぶ明るい白い月が見える。月を背景に、サトウカエデの葉が一枚、すぐそばに黒くくっきりと立っている。こういう明るい夜は用心しないと。〈夏の嵐〉が片手で招き寄せ、女の子たちの一団は先へ進む。

月光のローラ

暖かい夜の空気の中、紺色の空の下でローラは安らぎを感じる。こうやって外に出て、やっと息ができる。広々とした空の下の郊外の夜が、西部の大草原のように思える。古い映画のカウボーイたちを彼女は思い浮かべる。鞍袋、鼻を鳴らす馬、星空の下の毛布。そうともさ《イェップ》。だと思うぜ《アァ・レコン》。ここは歩道がないので、車道のへりに沿って、電信柱から弧を描いてつき出ている街灯の下を歩いていく。ミカン色の光の下で、自分の影がどんどん長くなっていくのが見える。タフィキャンディの女の子、望遠鏡ガール。どこへ行く？　葉の匂いをたっぷりたたえた、月光と街灯の光に貫かれたサトウカエデとシナノキの枝の下、内側から半透明の緑色の光を放つ葉が何枚か見える。光る葉を通して、ほかの葉の影が見える。それから突然、西部の大草原の夜空が広がる。あぁ俺を埋めないで《オー・ベリー・ミー・ノット》。寂しぃい大草原に《オン・ザ・ローン・プレイ＝リイィ》。近所に並ぶランチハウスの前を過ぎ、月光にほの光る芝生用スプリンクラーの前を過ぎ、ねじ穴が垂直に並ぶ緑の金属柱のてっぺんに付いた**駐車禁止**の標識の前を過ぎる。ああ、どこに？　彼女は落着かない。人目にさらされている気がする。どこか行く場所が必要だ、一人になれる場所、バスケットボールのネットからも車庫の小さな黒い窓からも表の庭からつき出ている注油缶からも芝生の緑の白漆喰を塗った石からも離れられる場所が——自分だけの、戸外だけれど屋根裏みたいに密やかな、誰にも見つからない場所が。空に昇った月を彼女は見る。ほぼ真ん丸の、ただし一方の端が片方少し平べったく、誰かが親指でこすったみたいに少し汚れて見える月を見ている彼女は、突然、あそこに行きたい、と思う。あの燃える白さの中に入って、下の小さな町を誰にも見られず見下ろしたい——取り外し可能な煙突の付いたおもちゃの家々を、小さなカエデと街灯を、ちっぽけな悲しみを抱えたちっぽけな人々を。

待つ女

十年前サンフランシスコに住む姉を訪れたときにジャパンタウンで特価で買った、赤と緑の竜を刺繍した金色の日本風部屋着《キモノ》を着たミセス・カスコは、古い肱掛け椅子に座って煙草を喫い、グラスに注いだ赤ワインを飲み、『ジェニー・ガーハート』を読みながらハヴァストローを待つ。もう午前一時近く、彼は金曜と土曜の午前一時に訪ねてくるのだ。まだ高校生だった、彼女の息子とチェスをする落着かない目つきの礼儀正しい少年だったころから知っているものだから、ミセス・カスコはハヴァストローのことを、いまだに十七歳の子供と考えている。実はもう彼も三十九歳、そして彼女は、何と、六十一歳なのに。ずっと昔、彼がまだ大学を出てすぐ、彼女の夫と息子がメキシコに移り住んだとき、二人が恋人同士になっていたかもしれない時期があって、ハヴァストローが向けてきたある種不安げな鋭い表情を彼女は覚えているが、その表情にはいつも、言い寄ってくる者を撥ねつけるよそよそしさが伴っていたし、そもそも彼女としても、自分の息子であってもおかしくない若者に言い寄るなんてできるわけはなかった。とはいえ、いまもときどき、あのころに、親しくなって間もなかったあのころに、自分は間違いを犯したのではないかと彼女は自問する。気の毒に、あの子は何かから救われることを見るからに必要としていた、不安げな鋭いまなざし、あふれ出てくる言葉、でももちろん彼の邪魔になる気はなかった、そういうたぐいの女になる気はなかった。やがて彼は母親と一緒に家に閉じこもり、屋根裏に移って奇妙な時間帯で生活するようになった。そして彼女自身も家賃の安い町外れのゼネラル・エレクトリック工場付近に移り、煉瓦造りの連続住宅《ロウ・ハウス》の二フロアを借りた。週に二度、彼が訪ねてきていつもの表情でいつもの話をするなか、二人のあいだにはつねにひとつの問いが漂っているように思えた。でもそれもずっと前の話で、本はいまだに書き上がっていなかったし、いつまでも書き上がらないだろう、けれどいつかある日、ひょっとしたら。そして彼女は言うべきだったただろうか、十五年前に、片手を彼の腕に添えて、今夜は泊まっていってちょうだい、と——年上の女、経験ある女として？　かつての恋人たちの話を彼にしたことはなかった。仕事のことしか話さなかった。この子は、彼女のハヴァストローは、世の中というものがあまりよくわかっていない。あのころ彼に言うべきだったただろうか、彼の手首近くに指を添えて、ねえ、二階へいらっしゃいよ、と。スタンドの電球の下は暑い。網戸ごしに虫の音《ね》が聞こえる、コオロギだろうか——夏の音。

野の虫の歌

レッドローバー、レッドローバー
夏はおしまい《ザ・サマーズ・オーバー》
チュカ＝チュク・ムム。
誰もがみんな
チュカ＝チュク・ムム
いつかは死ぬ身
チュカ＝チュク・ムム

チュカ＝チュク・ムムム

三人の青年

図書館の駐車場の隅に立つムラサキブナの、月にまだらに染まった影に三人の青年が立っている。柱から吊したカンテラの光が、タールが塗られて間もない舗道を照らし、舗道はサテンのような黒い光沢を帯びている。青年たちは光の外、月光を閉め出すほど濃くはない葉むらの影に立っている。一番背の高い青年が静かに、切迫した口調で話す。

「いいか、こうだ。俺が駐車場を通り抜けて入口まで行く。いかにもちょいと散歩に出てきましたって感じで。そうしてドアを開けて中に入る。それだけだ、だからよく聞けよ――お前らは動かないし、喋らないし、人に見られないようここで待ってる。たどり着いたら合図するから」

「鍵はどこだ？　鍵、持ってるのか？」

「鍵はここにある。鍵のことは心配するな」

「俺たちも駐車場を通り抜けないといけないのか？」

「お前らも駐車場をまっすぐ通り抜ける。べつに何も悪いことはしちゃいない、そうだろ？　だから悪いことしてるような顔するんじゃない。ちょっと散歩してるだけですよおまわりさん。はーい、笑って――これ、『どっきりカメラ』ですから」

「誰かに見られたらおしまいだぜ」

「お前らが誰かに見られたらお前らはおしまいさ。俺が誰かに見られても俺は平気さ。とにかくいま起きてる奴なんているか？　もう午前一時だぜ。パトカーにだけ気をつけて、来たら死んだふりしろ。中に入ったら合図するから。こんな感じに。そしたらお前たちは歩く。走るんじゃない。歩くんだ。簡単さ」

明るい駐車場をスミティはきびきびと、まっすぐ前を見ながら横切り、図書館の横入口の深緑のドアまで行く。握りこぶしを開くと真鍮の鍵が現われ、入口ドアの上に据えた裸電球の黄色い光を受けてキラッと光る。スミティは鍵を差し込み、回し、身を押し込むようにして中に入る。影の中からブレイクとダニーに合図を送る。二人はためらいつつ、街灯の光の中へ歩いていき、とまどって立ちどまる。ダニーが走り出す。ブレイクは左右をきょろきょろ見ながら速足で歩く。

「やれやれ、大したプロだぜ」とスミティが言い、二人が中に入るとドアを閉める。ひどく暗くてたがいの姿は見えない。

「次はどうするんだ」とダニーが言う。

一人で暮らす女

私は一人で暮らす女。夫はいないし、子供も、恋人も、猫さえもいない。私が嫌っているなどと思わないでほしい、昔から住んでいる古い家で自分の持ち物に囲まれて一人で暮らすことを。けれどこんな、月が青い庭に咲く白い花になる夜は、裏庭に出ていってヒャクニチソウの香りを深く吸い込むのも気持ちがいい。一人で暮らす勇気のない人たちよ、私を哀れんだりしないでほしい。時おり、こんな夜にだけは、人の声が聞きたくなる。私たちのように一人で暮らす人間は、人から何も言われないから、いろいろ妙な習慣が身についてしまう。靴下を片足だけ履いたり。

暖かい夜の空気の中、一人で喋ったり。こんな夜、庭を歩き回って、芝のみずみずしさを嗅ぐのは何て気持ちがいいんだろう。べつに法律違反じゃないでしょ。

月とマネキン

誰も気づかないくらいひどくゆっくり昇っている月がメインストリートを照らす。道路の一方の側に月は深い影を投げ、もう一方には不気味な明るさをもたらし、そっちでは歩道は骨のように白く、パーキングメーターの小さなガラス窓は濡れているみたいにきらめく。居並ぶ商店のウィンドウの、ずっと奥まで見える。イタリア系食料雑貨店のウィンドウのオリーブの壜や皮の硬いパンを月は照らす。眼鏡店のウィンドウに何列も並ぶ眼鏡フレームを月は照らし、それらが店の壁にくっきり長い影を投げ、床屋の椅子の背に掛かったままばゆく白いタオルを月は照らし、きらめく鏡に映る一連のガラス壜を照らす。百貨店のウィンドウの、リンゴの模様のついた空っぽのシリアルボウル四つを、畳んだシャツとストライプのネクタイを、マネキンが履いている白いサンダルを照らす。マネキンの頬、細長い指、半開きの唇を月光が覆う。自分のファイバーグラスの肌を月光が貫くのをマネキンは感じ、それで心が落着き、気持ちが和らぐ。ひそやかな興奮を伴った、卒倒しそうな気怠《けだる》さを彼女は感じ、己の本性の厳格な束縛が緩んでいくのを感じる。月の光線の下、マネキンの隠れた生が目覚めていく。指にかすかな震えが生じる。片方の手首がわずかに曲がる。サングラスの奥で、瞼がゆっくり閉じて開く。

目覚める子供たち

月に照らされた庭に面した窓のある部屋で、熊やバレリーナの柄《がら》の上掛けが掛かったベッドの中、子供たちが目を覚ましはじめる。夏の網戸を通して、かすかな音楽がゆっくり高まってまたゆっくり低くなるのを子供たちは聞く。かすかな遠い音楽が呼んでいる。あのかすかな音楽は何だろう？　子供たちは上掛けを押しやり、脚をベッドの横にさっと下ろす。目は抜かりなく光り、頭は横に少し傾《かし》げられ、眉《み》間《けん》の滑らかな肌には集中を示すかすかな線が何本か浮かぶ。

静けさ

ジャネットの家の庭はすっかり静まり返っている。夜の庭を描いた絵画みたいだと彼女は思う。**裏庭——夏の夜**。あるいは、**窓辺で待つ女の子**。夏の夜に窓辺で膝をついて待つなんて阿呆だけよ、それも何を待つの？　まあどうせほかにすることもないんだけどね。下からあたしは見えるだろうか、と彼女は考える。庭の右側は、脚立《きゃたつ》にのぼらないと刈れない高い生垣に縁どられている。生垣の底の方は茎も枝みたいに太く、這って通り抜けられるすきまがある。左側は車庫で、長い側面は影になっていて前面は月光を浴びて白く輝いている。庭の奥は、主としてトウヒでヨーロッパアカマツも何本か交じった常緑樹の木立で区切られ、そのうしろに金網の柵があってこの庭と隣の庭を隔てている。その向こうは、またもうひとつ庭。庭また庭、小さな長方形がいくつも町外れまで延びて、ずうっとアメリカの果てまで延びている。ひょっとしたら、生垣をくぐり抜けて、柵を乗り越え、砂箱と野球バットの前を過ぎていけば、ある日最後の生垣を押し分けて、突然――バイオリン、お願いします！――太平洋が。そして、家々の庭でくり広げられるさわやかな夏の生活。鬼ごっこをして遊ぶ子供たち、バドミントンのネット、バーベキュー、アルミ製折畳み椅子でくつろぐ人々、ポーチの手すりに干されたビーチタオル、二階の窓まで漂ってくる夜の声。でもいま、庭は静かだ――眠っている――魔法に縛られている。木立の前方に、少し離れて、大きな古いサトウカエデが一本立っている。背は高く、幹は太い。高い方の枝からロープのブランコが垂れている。木製の座部の大半は影に包まれているが、一方の縁は月光を捉えている。けれどブランコは決して揺れることができず、窓辺の女の子は決して首を回すことができない、なぜならどちらも絵の中に囚われているから。すべてが不動であり、あまりにも不動なので動きが何かによって押しとどめられているようにジャネットには思える。あたかも庭が大きく息を吸って、それを出すまいと努めているみたいに。いまにも何かが起きるだろう、何かが起きて事実が明かされるだろう。それともこの庭には静けさが満ちてきていて、それがまだまだ大きくなってついにはあふれ出るのか。窓辺でジャネットは動くのを恐れて、待つ。

緑の瞳の男

ウィリアム・クーパー、二十八歳、ビッグ・ママズの飲み仲間にはクープで通っている男。緑に貝殻模様が付いた紙コースターのちょうど真ん中にビールのグラスを丁寧に置き、赤い模造革張りのブース席からおぼつかぬ足どりで立ち上がり、指先を額に当てて敬礼のポーズを採り、それをバーテン、ブースの仲間たち、混みあった一連のテーブル、カウンターのうしろの鏡に映った茶と赤と緑のボトル、フックから並んで下がった錫鉛合金《ピューター》のジョッキに向けて送ってから、くるっと回れ右して街へ出ていく。空気は暖かく、ほとんど暑いと言ってもいいくらいだが、暖かさの中にかすかな涼しさが包み込まれていて、その奇妙さが彼の心を打つ。暖かくて涼しい夜の空気、暗くて明るい空――ここには何か思考の糧《かて》があると思うのだが、それを考えるにはまず物がぐるぐる回るのを止めないと。カーティス電器店の明かりの灯ったウィンドウの前をクープは通り過ぎながら、ピンク色のシェードが付いた磁器製のテーブルランプ、黒いエナメルの枠にガラス板をはめ込んだカンテラ、壁スイッチやソケット台の小綺麗なパッケージに目をやる。ドラッグストアではでっぷりした電球が薬局カウンターを照らし、なかなかいい感じである。やがて彼は白いビキニに青い目の金髪女性のボール紙の切り抜きの前で立ちどまる。彼女は毎晩そこにいて、大きな水滴に覆われたソーダ壜を持ち上げている。歯は水着よりもっと白く、陽焼けした肩は新品の野球バットみたいに艶やかだ。キックボール大の胸まで微笑んでいるみたいに見える。親しげで気さくな、誰にも好かれる女の子、キュートな白いスカートを穿いたハイスクールのチアリーダー、パーティの華、明るい笑顔、人気ナンバーワン、とびきりの美人、うーんいい体してるなあ、おいあれ見てみろよ、目の保養だぜ、だがクープは嫌悪する。彼が愛する女性に較べれば何ほどでもない。彼が愛するのは、通りがかる人間みんなに自分を差し出したりはしない貴婦人——超然とクールに距離を保つ、高嶺の花の、ちょっと高慢だけど構わない、女性は自分で自分を護るしかないんだから。こっちを見返している彼自身の像がぼんやりウィンドウに映っている。銅色の髪、緑の瞳、赤い筋の走る白目。彼はさっと目をそむけ、自分がさっと目をそむけるのを見る。はい裁判長殿、罪を認めます。クープは横道を渡り、目を下に向けると線路の上の送電線が見え、メインストリートの歩道を彼は先へ進む。バレーボールやバスケットボールのひしめくウィンドウ、ペンや革のノートを並べたウィンドウ、熱帯の島のポスターを飾った涼しい青色の光を浴びているウィンドウ。ポスターの島には椰子の木が一本あって、フラミンゴがいて、オレンジ色の水着の女性が白い砂に腹ばいになって横たわり片脚の膝から先を上げている。こっちの方がいい、とクープは考える——一人でいる女、秘密を抱えた女。でももう近づいてきた、もうすでに彼はもう一本通りを横断しつつある。四つ角の街灯の光を浴びてきらめく青い郵便ポストが、巨大な貯金箱をクープに連想させる。子供のころ郵便ポストの形をしたブリキの貯金箱を持っていたけど、一ドル以上貯まった例《ため》しがなかった。それが彼の生涯。床屋の前を過ぎ、ねじれたパンをバスケットに載せたイタリア系食料雑貨店の前を過ぎる。百貨店の一番手前の、四人用にセットされた朝食テーブルの前に来るとともに、クープは気持ちを落着けようと深く息を吸い込む。

ハヴァストロー語る

右の肱掛けの曲線がかすかに垢じみて光る、くたびれた栗色のカウチにハヴァストローは座っている。かたわらのランプテーブルには氷水の入ったグラスが、白いタイルの表面に青いヤンキークリッパーが描かれ裏にコルクを貼ったコースターの上に載っている。グラスの隣に、スティック状のプレッツェルを盛ったシリアルボウル。向かいの茶色い肱掛け椅子にミセス・カスコが両脚をたくし込んで座り、毛羽立った赤いスリッパが絨毯の上に転がっている。彼女は右手に煙草を、左手に赤ワインのグラスを持っている。横のテーブルにはランプと、柄《え》付きの葉の形をした緑色のガラス製灰皿と、本が二冊――題字も色褪せた『ジェニー・ガーハート』の古いハードカバーと、分厚い『クルップの歴史』の図書館本。ガタガタ鳴る扇風機が吹きつけて彼女の部屋着を揺らし、天井に昇る青い煙をはためかせる。震える煙を通して、階段の手すりと古い本棚がハヴァストローには見え、背表紙の折れたモダンライブラリー大判『スタッズ・ロニガン』と、『西洋の没落』二巻本が見てとれる。本棚の上、手すりの線をさえぎる位置にウェブスター英語辞典第二版が開いたまま置かれ、一方のページがもう一方より高くなっている。左右のページが出会う谷間に赤の眼鏡ケースが載っている。緑の青い眼鏡の奥の、ミセス・カスコの茶色い、知的な、わずかに飛び出した目が、語っているハヴァストローを一心に見つめている。

「僕が嫌なのは要するに何もかもが嘘だってことだと思うんです、形式自体が避けようのない嘘だというか、つまり『私は』と言ったとたんにもう、自分はこういう人間なんだと主張しているその存在から隔たってしまうわけで、これって意味通ってますかね、だから本物であることを保証する印のはずの『私』が実は一番信用ならない代名詞であるわけで、実は変装した『彼』、つけヒゲ付けた『彼』以外の何物でもないわけですよ。なぜなら『私』と言うときもう人はその『私』ではなく別の誰かに、現在の自己によって覗き見られた、隔てられ切り離され疎外された他人になっているんですから。これって意味通じてますかね？　私は座った。それって要するにその他人が座ったってことでしかないんですよ、かつては私であったけれどいまはそうじゃない他人が。だから僕はそういう偽の親密さに異を唱えるんです、この他者なる『私』、この他人が勝手に『私』を行為の瞬間に据えている見せかけに。だけどそれはひとまず措くとしても、それは別にしても、何かをほんのわずかにでも正確に伝えるっていう問題がある。絶望的ですよ。だって、どんなささいな行為であれ、僕が左手の小指を持ち上げるとか、それにさえ無数の思考や感覚が伴っているわけで、それらが行為を周りからまるで、まるで何だろう、わからないな、光輪みたいに、いや違う、周りにみなぎるというか、広がるというか、そのいろんな感覚を取り込まなければ抽象を、一般論を書いてるだけです、僕の言うことわか……たとえば名詞です。すべての名詞はひとつの類《クラス》を名指します。それは要約であり、一個のしみみたいなものです。でも僕のベッド、僕の椅子、僕の窓、それはみんな僕の人生全体と同じにくっきり形があるんです、わかりますよね。だからすごく厄介なんです、流れをくり返し見失ってしまうんです、『私』の嘘があるし名詞の嘘もあるし、記憶なぞという名でまかり通ってるおそろしく単純化された代物もありますからね。記憶！　そもそもどういうことですか、記憶って？　このあいだあの何とかっていう作家の文章、聞いてもらいましたよね――あのナンヨウスギをめぐる一節。人がナンヨウスギを見て、その葉や枝の精緻さが網膜に刻み込まれる、絶対的な確かさとともに人はそれを見る、だけど次の日にはぼんやりしたしみが見えるだけだし、一週間したら木のことは覚えていてもあの烈しい精緻さは失われていて、そして一年経ったら？　十年経ったら？　これってすべての記憶に当てはまる話ですよ。だから記憶なんていったって要するに忘却の、削除の営みであるわけです。だからつまりあるのは喪失だけ、減少、消失、忘却だけです。嘘、すべては嘘です」

「ねえ、でもちょっと待って。何か忘れてない？」

「ええもちろん、もちろん、社会に対する僕の負債、とかいった死せるマルクス主義のお題目ですよね」

「マルクス、少し読んでみるのもそう悪くないかもしれないわよ。階級について、階級価値観について考えてみても全然損はないわよ」

「僕が社会に求めるのは、自分のカヌーを漕がせてくれること、それだけです」

「そうよね。大いに結構。で、そのカヌーを借りてくれるのは誰だと思う？　川を使う許可は誰が出してくれる？　あなたが自分のカヌーを漕ぐお金はどこから来るのかしら？　でもちょっと待って、私が言おうとしていたのは別のこと。記憶の話だったわよね」

「覚えてませんね。ちなみにこれ、ジョークです」

「すべて忘却だって言ったわよね。でもそれじゃ、妙に鋭いささやかな記憶、あいうのはどうなのかしら、誰だってそういう経験あるわよね。ひと夏丸ごと忘れてしまっても、一個のティーカップは覚えてる――把手《とって》のそばの欠け、縁に付いた茶渋。だから厳密には正しくないのよ、あなたの言ってること」

「でもわかんないですか、それってまさに、僕がさんざ苦労して言おうとしてることを証明してるじゃないですか。しみ、喪失、ひと夏丸ごと失われたのは認めるわけでしょう。なら、全然生きなかったのと変わりやしませんよ、あばよ残酷な世界！――そうしてしょうもないティーカップ一個が立ち上がる、情けないショボくさいティーカップが。そいつが精緻の極みに見えるのは、消えたものとのコントラストの結果にすぎません。それ自体では、そんなの――そんなの無です、大雑把なスケッチです、しみです、そんなの見えやしません、その十全なる奇跡のごとき細部なんか見えやしません。船が難破して岸に打ち上げられた一握りのかけらにすぎませんよ。じゃなけりゃ、ディケンズの登場人物。ほら、赤い鼻、コチコチに硬い襟、チョークみたいに灰色がかったシャツのカフ。その程度です。あとは何ひとつ見えない」

「でもその人物は見えるわけでしょ。あとは人が中身を埋めていくのよ」

「でも要はそこですよ！　人が中身を埋めるんですよね。想像で埋めるわけですよね。そここそがまさにどうしようもないポイントなんです。人が中身を埋める。

記憶はつねに想像に転化していく。世界――事実――現実――みんなすり抜けていくんです。記憶なんて不可能です。企て全体が、挫折するほかないんです」

「で、あなたそれ本気で信じるの？　望みはないって？」

「ええ。いいえ。わかりません」

夜の声たちのコーラス

出ておいで、出ておいで、どこからでも、君たち夢見る人に溺れる人、怠け者に負け犬、影を求める者に太陽の孤児たち。出ておいで、出ておいで、出ておいで、君たち失敗者に落伍者、穀潰《ごくつぶ》しに食詰《くいつ》め者、昼の追放者、闇のお気に入りたち。さあおいで、生まれ損《ぞこ》ないに生き損ない、黒い想いや紅い熱の幻視を抱えた君たち、おいで、悲しい青い目をした田舎町のイシュメールたち、冴えない女の子たち、ツキに見放された男たち、さあ、愚痴る人に呻《うめ》く人、終わった人《ゴーナー》に一匹狼《ローナー》、薄のろに薄馬鹿、おいで、おいで、青白いロマンチストや酔っ払った木偶《でく》の坊、過去の人に未来のない人、太陽に嘲笑《あざわら》われ昼に滅ぼされた闇の住民たちよ――夜へ出ておいで。

人形たちの目覚め

町じゅうの屋根裏で、人形たちが目覚める。これらは若さの盛りにある人形、子供たちの寝室に住む人形ではなく、古い捨てられた人形、もはや誰にもその生命を信じられていない人形。古い皿を詰めた箱に彼らは寄りかかり、背もたれの壊れた椅子に丸まって座り、屋根裏の床板に顔を下にして転がっている。思い出されもせず、想像もされず、持ち主の注ぐ思いによって命を吹き込まれもせず、生気の抜けた虚ろな有様で、枯れた花のようにこわばって横たわる。けれどこの夏の夜だけ、ほぼ満月の月がベッドで眠る者たちを目覚めさせるこの夜だけは、長いこと微睡《まどろ》んでいた人形たちが動き出す。黄色い毛糸の髪に目は青く塗った布貼り人形が身を起こし、エプロンの皺を伸ばす。片目のモコモコ熊があたりを見回す。埃をかぶった象が鼻を持ち上げ、睫毛の硬いオランダ製人形はリトルボーイ・ブルーの方を見やり、コロンビーナが睫毛をはためかせてピエロから目をそらすとピエロは小麦粉のように青白い顔を悲しげにうつむけ、人形劇の舞台では真っ黒な眉毛とひどく尖った顎に鉤鼻の男が金髪のお下げ髪で鼻の反《そ》り返った女の子に見入り、女の子はチラッと、眠ったままもぞもぞ動いている青い目の太鼓叩きの少年の方を見る——少年は高い塔を、イバラの森を、徐々に目を開けるお姫さまを夢に見ている。

ブランコ

静けさを縁までみなぎらせた世界が、突如あふれ出す。生垣の枝が動き、生垣の向こうから手が出てきて、それから彼がそこにいる、庭にいて、髪を額に垂らして窓を見上げている。ジャネットは幸福の痛みを感じる、悲しみにも似た卒倒しそうなすさまじい痛みを。こんな、ナイフがぐいぐい食い込むような幸福を感じたのは初めて、苦しみのように全身を捉えるこんな暗い喜びを感じたのは。暗い窓辺にいるあたしが彼から見えなくてよかった——いまこの顔は恋心に荒れはてているだろうから。明るい月の光の下を彼は歩いてサトウカエデの影に入っていき、庭を横切るその優雅な歩みは肌に感じる風のよう。彼はブランコに腰かける。ロープに両腕を引っかける。眉間に皺を寄せて彼女の部屋の窓を見上げ、片方のサンダルで地面をこする。折れ曲がったロープ、彼の首の曲がり具合、サンダルの上の踝骨《くるぶしぼね》、そのすべてが庭に注ぐ月光に劣らず神秘的で美しく思える。やがて彼は地面を蹴ってブランコを漕ぎ出す。ロープを引き戻し、両脚をつき出し、伸ばし、月光の中へ漕いでいく。やがて降りてきて、影に入っていくとともに脚が折れ曲がる。光、闇、光、闇、上り下りに合わせてゆったりしたズボンがはためく。その上下の動きが彼女を解放する――彼女は手を振り、笑う、けれど彼はすっかりブランコに没頭している、いまの彼にはそれ以外何も存在しない。ああ、どうしてあの人はあたしのブランコをあんなふうに漕いで、あたしを忘れ、あたしを抹殺するのかしら？　ジャネットは窓から離れて、ナイトガウンの上に革ジャケットを羽織って、厚い絨毯を敷いた階段を裸足で駆け降りる。

図書館で

二階の暗闇に、メインストリートの街灯の黄色い光の筋が切れ目を入れる。高い、アーチ形の窓から見える紺色の夜空は月のほのめきにあふれている。休憩室でブレイクとダニーは革の肱掛け椅子にそれぞれ座り、斜め前に置かれた革のカウチにはスミティが頭を肱掛けに載せて寝そべっている。火の点いた煙草を置いた灰皿が腹に載っている。胸に載せたビール壜をスミティは片手で支えている。

「それで?」とブレイクが言う。

「で、俺はカウチにお行儀いいボーイスカウトみたいに座って、片手をその娘《こ》の肩にわざと偶然垂らしてさ、ブラウスの中に指入れておっぱいに触るともなく触ってるわけだよ、それでこのブラウスってのがすごく滑らかな生地でさ、俺としてはどうやったらすべて台なしにせず事を進められるか思案してるわけさ」

「それで?」とブレイクが言う。

「で、キスしてみたらさ、向こうもまんざら白色人種男性に興味がなくもないって感じでキスし返すんだけど、でも早合点しないでねってメッセージも何となくあって、で、俺のもう一方の手はたまたま彼女の膝の上に載ってて、それでこう、下を見てみたらさ、スカートがめくれ上がって、もう全部丸見えなわけだよ。並木道の一番奥まで見せてくれてるわけだよ。そこで、手をものすごぉくゆっくり動かしていって、屋根を這うコソ泥みたいに脚をのぼっていったらさ、向こうはさ、気づかないのか、どうでもいいと思ってるかなんだ」

「きっと高尚な思考にふけってるんだな」とブレイクが言う。

「で、ダウンタウンはそんな感じでさ、一方牧場では、じゃなくてミッドタウンでは、ブラウスのボタンに手が行っててさ、何となくそれをいじくってたら、ヘイ、こいつぁどうだ、何とボタンがボタン穴をするっと抜けるじゃないか、そういうことってあるんだよなあ」

「ちょっとしたアクシデント」とブレイクが言う。

「俺は揺り籠でグーグー言ってる赤んぼみたいに罪がないわけだよ」

「お前に罪がないんなら俺は聖母マリアだわな」とブレイクが言う。

「で、谷間の底、はるか下では、一度に一インチずつ昇ってて、雪に包まれたスモーキー山の頂では手がブラウスの下に埋もれてブラ越しに撫でたりして、このブラってのがまたレースの縁どりのあるお洒落なやつでさ。とにかくあちらも止めないから、こりゃあどこまで達成できるかって俺としても本腰入れて考えはじめてるわけだよ」

「青年よ、君なら大いなる達成も夢でないとも」とブレイクが言う。

「で、深夜勤務にますます精出して、片手はパンティの前にぴったり貼りついて、もう片手はブラの中に入り込んで、あちらはただぼさっと座って触りたい放題触らしてくれるわけで、こいつぁいったいどういう仲になれるのか、俺としても好奇心ムンムンなわけで」

「彼はつねに好奇心豊かな学生でしたね、学業にも熱心で」とブレイクが言う。

「てなわけで片手は桜通り《チェリー・レーン》に降りて、もう片っぽはお乳横丁《ジャグ・アレー》に上がって、正直言ってもうチャチャチャは飽きた、ここはひとつロックンロールのビートで跳び上がるところだぜって思ってるのさ。あちらはもう、ブラウスがベルトのバックルの下に垂れて、爆弾二つそよ風に揺れて、スカートは肱のあたりまで持ち上がって、こいつはもう、まともな男ならお国のために尽くす時だと思ったわけだよ」

「軍隊は君を求めている」とブレイクが言う。

「俺は状況を検討して、この良好と言っていい状況に奥深く入っていく最善の手立てはゆっくりやる《テイク・イット・スロー》、流れに任せる《ゴー・ウィズ・ザ・フロー》、これに尽きると結論する。ガチョウ《グース》みたいにゆるやか《ルース》に、そうしてさっとずらかる《ヴァムース》。てなわけで、向こうは何に撃たれたかも気づく間もないくらいすばやく俺はかがみ込み、いと優しく礼儀正しく彼女にキスする、カウチに座ったオマンコ《カント》相手にしてるなんて思いはおくびにも出さず、長年離ればなれだった弟が孤児院から帰ってきましたよ姉さん、みたいに。これがバッチリ正解なんだよ、何しろ女はガンガン行きたがってる《ホット・トゥ・トロット》、いいじゃんやろうよ《ヘイ・ホワイ・ノット》って具合でさ。だから俺はぴったり貼りついて弟です姉ですって具合になおもキスして、これみんなたまたまなんですよくありますよねこうゆうこと、ってノリでよくあるようにたまたまこっちの舌をそっちの口につっ込む。次はどうなるか、こいつぁ絶対信じてもらえないと思うね」

「次はどうなるのかね」とブレイクが言う。

「次はどうなるかというとだな、彼女ががばっと起き上がって、俺をつき飛ばして、居留地のテントにたった一人でいたつもりだったけどアラ違うんだわたったいま気づいたわってふうにスカートをぐいっと下ろすのさ。そうして『失礼ね《フレッシュ》！』って言うんだ。神かけて誓う、ほんとにそう言ったんだぜ。もう怒り心頭に発《ほっ》して、ペッと血ぃ吐くかって剣幕なわけだよ。信じられるか？ 片手は卵管《らんかん》を半分昇り片手はお乳の谷間に埋もれていかにもクリーンなアメリカ流お楽しみだって雰囲気だったのに、舌先でちょこっとしくじっただけで、もう一気にアンタなんかバナナボートに乗せてブラジルに送り返すわよって勢いなわけだよ。いやぁ、信じられなかったぜ。諸君、信じられるかね？」

「信じられんね」とブレイクが悄然《しょうぜん》として言う。

「アホな女だぜ」スミティが言う。

ダニーは立ち上がって、窓辺まで歩いていく。そして銀行を、メインストリートに並ぶ商店のウィンドウを、赤から緑に変わる途中の信号を見下ろす。上空は光り輝く紺色。ダニーは突然の欲求に襲われる。このガラスを叩き割って空に浮かび、あの青い輝きの中へ入っていきたい。

艶やかな黒髪の男

この快い夏の夜に散歩に出てきた艶やかな黒髪の男が、図書館の前を通りかかる。月光に包まれたアーチ形の窓が青っぽく暗い。いい感じの効果。窓ガラスが木の枝や四つ角の街灯柱を映し返す。艶やかな黒髪の男は、書架のあいだの通路が月に照らされたさまを思い描く。昼間のうちに、ギャラリーに飾る絵をそこで集めていたのだ。トレンチコートを着た金髪の男に不安な気持ちにさせられる前のことである。メインストリートの照明は、午前1時34分のいまもなお彼を不安な気持ちにさせる。映画館の張出しひさしに並ぶ小さな黄色い電球が、ぐるぐるぐるぐるぐる回っているみたいに見える——何とも腹立たしい錯覚。彼には落着きが、闇が、落着きが必要だ。早足でメインストリートを横断し、鉄橋の方へ向かう。ぎらぎら光る線路、空に浮かぶ黒い鉄塔、頭上に延びた電線、それらがはるか遠くまで続いている。しばらくそのへんを歩きまわって、高校の先まで上がって、安全な方へ行こう。何が見つかるか、ひょっとしたらコレクションに加えるもう一枚の絵とか。わからんものだぜ。

ウィンドウに見入る悦び

長身の美しい貴婦人が立っている、街路より高いウィンドウの前に、クープはおぼつかない足どりで立ちどまる。婦人は夜よりも暗いサングラスごしに世界を見下ろしている。鼻はすごく薄く、それぞれの鼻孔は鉛筆で引いた線程度の幅しかない。脚はひどく長く、脚一本一本が長身の女性全身みたいに見える。桃の色のワンピースの柔らかな生地の下、小さな胸は高く丸く盛り上がり、ビリヤードの玉みたいに硬そうだ。細長い滑らかな指は、何か見えない華奢な物体を抱えているかのようにわずかに折れ曲がっている。どういうわけか、こうして見ているとクープは大理石の噴水と冷たい水を思い浮かべる。彼女を見上げているうちに、突然の渇望がさざ波のように体を貫く。まるで誰かに、腹の皮膚に爪で線を一本引かれたみたいに。クープは心を動かされているが、手はぼってり不細工に両脇に垂れている。爪はエンジンの油で汚れている。俺は彼女のサンダルのストラップに触れる値打ちもない。無価値な自分がずるずる沈み込んでいくのをクープは感じる。帰宅途中の酔払い。だけどここは自由の国だろ、誰だって見るのは勝手さ、俺が見て何が悪い？　街路が震えている、空気が震えている。立っている貴婦人にしたところでおよそ安定しているようには見えない。クープが気持ちを懸命に集中すると、彼女の指のわずかな震えが見えてくる。サングラスの中で信号が赤から緑に変わり、むき出しの肩がほのかに緑に光り、婦人は震え、ゆらめいている、クープは腹の中にぐいっと引きを感じ、ウィンドウにぴったりくっつくまで前に出て、目を閉じ、わずかに爪先立ちして、唇をつき出し、冷たいガラスに心のこもったキスをする。

夏の夜の浜辺

八月のこの暖かい夜の、この遅い時間――いまは午前1時42分――浜辺は静かだが人けがまったくないわけではない。いまは恋人たちと独り者たちの時間だからだ。ほかの連中がとっくに帰ってしまったあとに彼らは水辺に降りてくる。恋人たちはたがいの腕に抱かれ、古い軍隊用毛布か並べて敷いたタオルの上に横たわる。時には月光を煌々《こうこう》と浴びて横たわり、時には三つの救助員用椅子、ひっくり返して置かれたボート、あるいは閉店した飲み物スタンドの側面が作る影を求める。独り者たちは座って水の方を見るか、水際に沿って歩くかしている。一人は救助員用の椅子にのぼって座り、海峡の暗く明るい水の方をじっと見やる。別の一人は突堤《とってい》の端にある大きな石に腰かけて煙草を喫っている。さらにまた別の一人は、月の光に照らされた硬い濡れた砂の上、海草の作るねじれた線と水際とのあいだを歩いている。今夜、波はひどく小さい。ゆっくり、静かに砕けては、濡れた砂の上に整然と線を引いていくが、やがて突然、新しい線によって、把握しづらいパターンで断ち切られる。独り者たちは波が引いていくのを眺めながら、たがいに用心して避けあっている。そして彼らはそれ以上に用心して恋人たちを避ける。恋人たちときたら、自分たちが浜辺全体を独占する権利があると思っているみたいだ。恋人たちも恋人たちで、ほかの恋人たちを避けることに神経を使い、独り者たちの存在にも苛ついている。時おり彼らの足音が毛布のすぐ近くを通っていくものだから、思わず緊張してしまう。恋人たちと独り者たちはしたがってたがいの存在を強く意識しているわけだが、彼らがそれぞれ何を考えているかは知りがたい。この連中のおかげで自分たちがいかに幸運かがわかる、と恋人たちは独り者に感謝しているのか？　ひょっとして、独り者の夜ごとの自由を、他人の要求や欲望から遠く離れていられることを妬んでいるのか？　一方、独り者が恋人たちに苛立っていることは容易に想像がつく。恋人たちは独り者に、彼らの寂しい身の上を思い出させ、独りさまよう者の最後の領分を乗っ取ろうとするかのように浜辺に侵入してくる。もちろん独り者たちが、自分でもよくわからない理由ゆえに、まさに恋人たちがいると知っているからこそこの暖かい夏の夜に浜辺にやって来たという可能性もある。潮は引いてきている。小さな黒っぽい砂洲が、濡れたガラスのようにキラキラ光る。甘草飴《カンゾウ》みたいに黒い水の上で、月の光が一本の棒のように、低く砕ける波のすぐ向こうから水平線のすぐ手前まで延びている。棒は場所によっては筆で丹念に描いたかのように確固としているが、別の場所ではぐらぐら揺れ、何か所かでは砕けて無数の震える光の点に分解する。ずっと沖の方で、白い光が黒い灯台のてっぺんに現われては消える。消えたらあと五秒は戻ってこない。浜辺をずっと下った先、かつてジェットコースターがあった地点で、ラジオ塔のてっぺんの小さな赤い光が毎秒一回ひらめく。遠くの方で、可航水路を示す緑と赤の光がチカチカ点滅する。水平線の、光り輝く紺色の空が黒い水とくっきり分かれるあたりに、陸地の細長い帯が見てとれる。ロングアイランドの暗い丘陵である。月は大きく、紙のように白く、青い影を従えている。

秘密

月が宝石色の緑に変えた芝生を、ジャネットは裸足で走っていく、それはおとぎ話の緑、暗い森の奥の湖の底に眠る失われた都市の緑。緑の湖の底を彼女は走っている、でも何かが変で彼女はブランコのそばまで来てためらう。彼がこっちを向かない、彼女の方を見ない、座ったままじっと反対側を見ている、どうしてそんなことが、あたしのことなんか全然愛してないんだ、ああああたしったら何て馬鹿だったんだろう、死んだ夏の夜の青い空の下でいまあたしは独りぼっち。彼がこっちを向く、にっこり笑う、ああ素敵な人、心を裂く人《ハートブレイカー》——立ち上がってジャネットを迎える。彼の抱擁の中にジャネットは飛び込む、だってほかに何をしろと言うの、それに今夜はあたし少し狂っている、ああ月に狂って、夏に気がふれて、何だって構やしない、あたしは平気。彼はジャネットをぐるぐる回す、彼女を宙に持ち上げる、地面から引っぱり上げる、あたしのハンサムな彼が、美しい人が。この幸せ耐えられない、痛みみたいにあたしを苦しめるこの幸せ。それから彼は一歩うしろに下がって、軽くお辞儀をする——お辞儀！——さっと片手で弧を描く、彼女にブランコを勧めているのだ。さあどうぞ、僕の愛しい貴女《あなた》。まあ、どうもご親切に。そして彼女は腰かけ、漕ぎはじめる、両脚をつき出して、体をうしろに倒して、波打つように月光の中へ入っていき、葉蔭に戻ってくる、その間《かん》彼は優しく強く押してくれる、両手を夏用のナイトガウンにくるまれた彼女の腰にしっかり添えて。やがて彼は脇に退き、ジャネットに自力で漕がせる。ゆらゆらと彼女は月光の中へ入っていき、ナイトガウンがはためいて、陽焼けした脚が月の下で輝いている——顔をうしろに倒して彼女は漕ぐ、逆さに彼を見ている、月に狂った空に向けて彼女はいきなりケラケラ笑い出す。弧のてっぺんまで来て、サァ見ててよ、彼女はすうっと力を抜く――一瞬のあいだ、月で重い空気の中に宙吊りになった気がする、だらんと彼女は横たわる、月光の上にぴんと横になった女の子、けれど顔にはそよ風を感じる、大地の引きを感じる、そして彼女は降りてきた、ゼイゼイ喘いで、ケラケラ笑って。

「君、今夜は野蛮《ワイルド》だね」と彼も笑いながら言う、是認の言葉を。

「そう思う?」と彼女は言って、髪をさっとうしろに投げ、月に向けて顔を上げる。

「小さいころ」と彼女はさらに言う。「あたし、隠れ場所があったのよ、あそこに。あたしの秘密の場所」

ジャネットは彼を導いてトウヒの木立に入っていく。針状の葉が裸足の足に柔らかく鋭く、涼しくパチパチ鳴る。手に当たるチリチリの小枝は無数のヘアブラシ。彼女は頭をひょいと下げ、枝をかき分けて進み、笑い、座り、彼が隣に座るのを感じる。太い枝の陰から二人はブランコを、月に照らされた庭を見る。

「あたし、秘密って好き」とジャネットは言う。「あなたは?」

子供たちが出てくる

子供たちが寝室のドアを開けている、月光に触れられた部屋から部屋を抜けていく。緑の鸚鵡《オウム》がいる敷物の上に月光、ティーポット形のキッチンクロックに月光、マホガニーの揺り椅子にも炉棚の上の小さな手桶を持った磁器製の乳搾り娘にも月光。子供たちは玄関のドアをそっと開けて暖かい夏の夜に足を踏み出す。虫たちの叫びが聞こえる、高速道路を走るトラックの音が聞こえる、そして遠くではかすかな音楽、高まってはまた低くなり、暗く甘美な、夢のように落着かない、眠りより快い、終わることのない音楽。

黒い仮面

家を前と横から囲む長いポーチへの階段をのぼりきった、植木鉢や古い家具がひしめくあたりに、背の高い影がひとつ現われる。横側のポーチには月光とくっきり黒い影とが荒々しく広がるが、前面はほぼ真っ暗で、遠くの街灯の薄い光が、ノルウェーカエデによって一部隠されつつ注いでいるだけ。背の高い影は滑るように前面の窓のひとつまで進んでいって網戸を押し上げようとするが、ガタガタ鳴るものの網戸は動かない。二つ目の窓の、歪んだ網戸は溝に収まったまま小刻みに揺れる。網戸のゆっくり、ぎくしゃくと網戸は持ち上がり、ギシギシキーキー音を立てる。網戸の奥にある雨に膨らんだ木枠の窓が、何度も手のひらで押し上げることでキシキシと持ち上がっていく。生じたすきまに影が身を滑り込ませ、暗い家の中に入ると、今度は玄関のドアが内側に開き、木の玄関網戸の掛け金が外される。黒い仮面を着けた女の子が四人、藪の中から立ち上がる。

古い敷物と家具磨きの臭《にお》いがする黴臭《かびくさ》い居間の中、クッションの凹んだ、肱掛けに刺繍敷布《ドイリー》の掛かった椅子と、キーキーと鳴る柔らかすぎるカウチに女の子たちは腰を下ろす。〈夏の嵐《サマー・ストーム》〉は音も立てずに部屋の中を歩き、テーブルの引出しや小さな箱を開けて回る。壁に当たった一筋の月光が小さな楕円形の鏡を捉え、裸足の少年が大きな輪を転がしている壁紙の一隅を照らし出す。カウチの背には目を見開いた、小さな薔薇の蕾《つぼみ》の口をした人形が座っている。〈夏の嵐〉は立ちどまり、耳を澄まして、副官の〈黒い星《ブラック・スター》〉を隣の部屋に送り出す。家は静かで、〈黒い星〉が動きまわるかすかな音しか聞こえない。〈黒い星〉は戻ってきて両腕を上げ、手首を交叉させる——危険なし、の合図。〈夏の嵐〉はランプテーブルの引出しの中に古いネズミ獲《と》りを見つけ、団員一人ひとりに見せてから、〈夜に乗る者《ナイト・ライダー》〉に渡し、

〈夜に乗る者〉は**私たちはあなた方の娘です**とメモを書いていく。四人目がキッチンに送られ、湿気《しけ》たクラッカー一箱と、まるっきり酸《す》っぱすぎるリンゴジュースが入ったネジ蓋式の広口瓶を手に戻ってくる。仮面を着けた女の子たちはクッションに座ってうしろに寄りかかり、〈夏の嵐〉は床の上にあぐらをかいて、背をまっすぐ伸ばし、両手を膝に載せて、気を張って耳を澄ませている。

ローラは月について行く

ランチハウスの並ぶ界隈の、街灯の灯った街路からローラはすでにさまよい出ているが、会衆派教会の裏に出ると、破風《はふ》がいくつかあって塔もある近くの屋敷の暗い二階の窓から丸見えだという気がしてくる。どこへ行ったらいいんだろう？　どこへ？　小学校の裏手で、ブランコの支柱の長い影が青白い明るい砂の上にくっきり延びている。砂を見てローラは浜辺を思い起こす。いったいどこへ？　どこ？　脚が疲れてきた。町はあまりにべったり広がっていて、何日でも歩けてしまう。一晩中、何日でも歩けてしまう。図書館まで行って、メインストリートを渡り、線路の上の鉄橋を越え、高校の長い玄関階段や太いパステルカラーの柱の前を過ぎる。阿呆はなぜ梯子を学校へ持ってきたのか？　答え、高い学校《ハイ・スクール》に入りたかったから。いま私に必要なのは隠れ場だ、人目から隠れられる所だ、けれど高校の裏の駐車場には明るい照明が二基あって、ずっと先まで延びているアスファルトを照らし、ぽつんと一台駐まっている、長い影を従えた黒い自動車に光沢を与えている。誰もいないテニスコートの金網のずっと上の方に、緑色のボールが一個引っかかっている。脚がものすごく痛い。もう一時間は歩いているにちがいない、いや何時間にもなるだろうか、わからない、夜の中では何も変わらないから。町全体が自分の部屋みたいな気がしてきた。ここから抜け出さなくちゃ、何か見つけないと、そして空を見上げるとローラは悟る、月が彼女を行くべきところへ連れていってくれると。

死を愛する想いを胸に

「思うんですけど、僕に必要なのは」ハヴァストローは言う。「人生のこの時点、二十世紀後半のこの時点で僕が本当に望むのは、一息の新鮮な空気だと思うんです。一緒に来ませんか？　いや、すぐ向かいまで出るだけです。まだ二時ちょっと過ぎですよね」

「ちょっと待って、この代物の上にセーター羽織るから」

たがいにつながった煉瓦造りの家が並ぶ道路の向かい、一本だけの街灯に照らされた歩道がある。歩道の先に帯状の草地があって、細い板で作ったベンチがひとつ置かれ、ベンチの先は斜面になっていて、ごつごつ露出した岩が斜面に切れ目を入れて何か所か出っぱりを作り、斜面てっぺんには樫と松の木が何本か植わっている。ハヴァストローはプレッツェルを齧《かじ》りながら、ミセス・カスコは煙草を喫い片手にワインの入ったグラスを持って街灯の下を過ぎ、ベンチの前で止まる。ミセス・カスコがハヴァストローをちらっと見ると、ハヴァストローは斜面まで歩いていき、のぼりはじめ、ふり向いて彼女に手を差し出す。彼女はハイヒールを履いている。あちこちにつき出た幅広の出っぱりから、背の高い草が房になって生え、巨大なタンポポが一ドル銀貨大の花を咲かせている。最初の出っぱりに達するとミセス・カスコはヒールを脱ぎ、右手の親指と人差指、中指でつまんで持つ。煙草は口にくわえたまま、まずワイングラスを、次にもう一方の手をハヴァストローに差し出し、二つ目の出っぱりまでのぼって行く。

「冒険ね」彼女は笑って言う。

「あなたの足、台なしにするつもりじゃなかったんです」

「何でこんなの履いてきたのかしらねえ。たまたま玄関先にあったのよね」

てっぺんまでのぼりつめたハヴァストローがさっとあたりを見回すと、木の根、枯葉、松の針葉が目に入る。斜面の向こう側に、月に照らされた空っぽの古い駐車場が見え、セイタカアワダチソウがあちこちに生えているのに交じって古タイヤがいくつか転がっている。駐車場は先細りになって、ガソリンスタンドの裏に至って終わる。ハヴァストローはナイロンのウィンドブレイカーを脱いで、一本の木の幹の前の地面に敷き、軽くお辞儀しながら片手でさっと弧を描く。

「じゃあまあ、ありがたく」とミセス・カスコは言って幹に寄りかかって座り、煉瓦造りのアパートに向きあう。

「そんなに悪い眺めじゃないですよね、実際」とハヴァストローは言いながら彼女にワインのグラスを渡す。そして彼女の隣に座り込み、わずかに開いた長い脚を引き寄せる。両腕で膝を抱え、右手で左手首を摑む。

「寝酒、一口いかが?」ミセス・カスコは言う。ワインのグラスを差し出す。

「いえ結構。いや、いただきましょう」

ハヴァストローは一口飲んでグラスを返す。下の道路を車が一台通り過ぎる。

「何晩か前に」と彼は言う。「午前二時ごろ高速道路を走ってたら、いやべつにただ走ってただけなんですけど、そしたら右側に、車体を低くしてタイヤ覆い《スカート》も付けた、いかにも物騒な感じの車が来たんです。乱暴そうな、団地育ちふうの若者が四人。殺されませんように、と思わず祈りましたけど、向こうは僕のことなんか見向きもしません。だけどあれっと思ったのは、車のボディに書いてあった言葉です。側面に大きな、すごく几帳面な字のスペイン語で、『**死を愛する想いを胸に**《コン・アモール・デ・ラ・ムエルテ》』って書いてあったんです」

「夜中に高速で車乗りまわすなんてよくないわよ」

「でもね、考えてみてくださいよ、そんな言葉、自分の車に書いたらって。まさにストリート・ポエトリー。死の詩人です。僕、心底敬意を表して頭《こうべ》を垂れたくなりましたよ。深々と」

「賢明な老齢の女性からの忠告よ。午前二時に高速道路を走ってる最中に頭なんか垂れちゃ駄目よ。もうひとつ忠告。どんなときであれ頭なんか垂れちゃ駄目よ」

一本だけの街灯の光で一部分が輝いている、空っぽの道路の方をハヴァストローは見やり、玄関の上に裸電球の点いた暗いアパートメントを、そして紺色の空を見やる。空は一番下の方、何ブロックか先の、食堂とガソリンスタンドが何軒か並んだあたりでは色もかすかにオレンジがかっている。

「ここはいいですね」ハヴァストローは言う。「やっと息ができる」

「太古の森。企業がかろうじて残してくれた太古の森。これぞ太古の森なり、さざめく松と栂《ツガ》……八年生のときに五十行暗記させられたのよね。でも、ひとつ。あの臭《にお》いはないしでいいわね」

「何のことです？」

「サウスボードのブレーキ裏張り《ライニング》工場よ」

「僕は気にならないな。多くは求めないんです。シャーウッドの森だってきっとそこらじゅうビールの缶だらけでしたよ。ミラー。バド。修道士タックの太鼓腹、考えてみてくださいよ。あれって六缶パックどっさり飲んでますよ」

「ねえ、あそこ見てよ。上の方。見える？」

黒い葉や枝が絡みあったすきまから、はるか頭上に、明るい白い月が見える。あまりの明るさにハヴァストローは目をそらさずにいられない。

「綺麗よね」ミセス・カスコが言う。

「僕にはけばけばしい宣伝みたいに見えるなあ。永遠を売り込む広告。一つ買えば、もう一つは無料」

「嫌だわ。あなたがそういうこと言うの、嫌だわ」

「待ってくださいよ。べつに何の意味もありませんよ」

「いずれ上手く行くわよ」とミセス・カスコは言って、指をそっと彼の手首近くに当てる。

疲れた顔で、持ち上げた膝に、ハヴァストローは頭を垂れる。

白い花

月に照らされた、うち捨てられた物たちに満ちたあちこちの屋根裏で人形たちが動きまわっている。黄色い毛糸の髪の布貼り人形がおはじきを一個手にとってエプロンのポケットにしまい、太鼓叩きの少年が月光の薄いかけらの中を前にうしろに通るたびに上着の腕がまばゆい青に変わり、片目のモコモコ熊は古いオモチャ箱の向こうに回り込んで薄暗い場所に入っていき古いボクシンググラブ一組、刃の錆びたひっくり返った橇《そり》、おそろしく高いたんすに出くわす。たんすの角の向こうに回ると、白い、大きく膨らんだ腕が白い花を一輪差し出しているのが目に入る。片目の熊はとまどって立ちどまる。それがピエロの腕であって、緩い白のチュニックの袖口が膨らんでいることを熊は見てとる。ピエロはひざまずき、花をコロンビーナに差し出すが、相手はプイッとそっぽを向いて早くも立ち去りかけている。花が音もなく床に落ちるのを片目のモコモコ熊は見届ける。低く垂れた袖の端から出ている薄い白い手は依然ぴんとつき出されたまま。

ダニー一人

ダニーは窓から向き直って、腹にガラスの灰皿を載せたスミティが寝そべっている革張りカウチの方へ歩いていく。スミティの息に合わせて灰皿がゆったり上下する。ダニーはそのうしろに回って、カウチの背に軽く片手を置く。

「僕は帰る」

「冗談言うな」ブレイクが言う。

「帰らせてやれよ」スミティが言う。

「どうしたんだよ」ブレイクが言う。

「べつに。歩きたいんだ」

「歩きてぇんだってよ」ブレイクが言う。

「よせよ」スミティが言う。「よせって」

「俺何もしてないぜ。ダニーが歩きたいんなら、歩きゃいい。自由の国だろ、ここ」

「そうとも」

「ただ俺思うんだけど、ダニー、プッシーが嫌いなんじゃないかな。よぉお前プッシー好きか、ダニー？」

「よせって言ったろ」スミティが体を起こしながら言う。灰皿が敷物に落ちる。

「俺何もしてないって」

「出るときは気をつけろよ、ダニー。厄介事はごめんだからな」

「人に見られたら」ブレイクが憤慨して言う。

階段を下り、玄関扉から外に出て、明るく照らされた駐車場を横切って木々の影に入っていく。一列に並ぶ木々と、何台か駐車した車とのあいだをダニーは抜け、横道まで来て右に曲がり、図書館の表側を通って、メインストリートを渡って家に向かう。ダニーはスミティが好きだ。スミティは彼のことを買ってくれて、護ってくれるが、ブレイクは年じゅう熱くなって、嫉妬して、激怒して、スキあらば一撃加えようと狙っている。どういう成行きでスミティとつき合うようになったのか、ダニーは思い出せない。ダニーはいま、明らかに自分らしくないことをやっている。突然図書館で引出しから鍵を盗んで、侵入したり。何を証明したいのか。見せびらかし。大物。ほら見てママ、両手放しだよ。だいたいスミティは僕のどこがいいと思ってるのか。ときどき不安になってくる。スミティが欲しいものを、僕は持っているのだろうか。いい成績、賢い女の子たちとのつき合い、真面目でウィットのある父親と高らかに笑う賢い母親。一度、放課後スミティが遊びに来て、一時間くらい母親と話し込んでいった。すごく真剣に、言葉もていねいに選んで、改まって、考え込んでいるせいで顔に皺が浮かんでいた。スミティは頭がいいのに、いつも何か演技をしないと気が済まない。タフガイの演技、いい奴の演技、クールな演技。時おりダニーはスミティに退屈させられる、ひどく退屈させられる、けれどいまそんなことは考えたくない。ダニーは十六歳で一度も女の子とキスしたことがないし女の子に触ったこともなく、そのことを想うと気が狂いそうになり、どうしたらいいかわからない。もし誰か女の子がカウチで隣に座って体を触らせてくれたら自分が何を感じるか、ダニーにははっきりわかる――感謝の念、ひどく深い、愛よりも深い感謝の念。夜は暖かいが、時おりちょっとした肌寒さがさざ波のように混じっている。ダニーは線路の上に掛かった鉄橋を越え、ニューヨークの方へ延びている線路を見下ろし、線路の上に広がる黒い格子形の建造物を見下ろす。あれは何と呼ぶんだろうか。あの鍵を取り返さないと。ダニーは歩きつづけ、駅の駐車場を過ぎ、暗い高校を過ぎて、高架の高速道路の下を抜ける。この時間走っているのはほとんどトラックだ。いっそ大学なんか行くのをやめて街道をさすらう身になろうか。トラックの運転手になって、窓から肱をつき出し夜に国を横断する、何も言わずに一人で。二十四時間営業の食堂の突然の明るさ、石みたいに重い分厚い白いカップに入った湯気の立つコーヒー。ダイアナ・サンタンジェロが彼のジョークにあははと笑い、笑いながら時おり彼の腕に触れる。笑うと肩が揺れ、すべすべのブラウスが揺れ、髪が揺れ、彼女は本の束をぎゅっと胸に、乳房の中に押し込もうとするみたいに痛々しげに抱きよせる。乳房があるってどんな感じだろう、とダニーは想像してみる。大きな、ゆらゆら揺れる代物が、そこから華々しくつき出て、ビッグにぴょんぴょん跳ねて。ピチピチぴょんぴょん弾んで。男の方がいい、そんなものどっかに押しやって。スカートにブラウスの女の子たち、サマードレスの女の子たち。ダンプカーの運転室に一人でいて、夜のハイウェイを走る。

もう疲れた。大きな安らぎの波が押し寄せ、ダニーの両腕がぶるっと震える。

ぴっちりきつい

艶やかな黒髪の男は高校の裏の影に立ち、ぴっちりきついジーンズの女の子が誰もいない明るい駐車場を横切っていくのを眺める。女の子にはどこか失われたような雰囲気がある。宿なし児、都市郊外をほっつき歩く浮浪児、といった風情。友だちを必要としているのだろうか。君が僕の友だちになってくれたら僕は君の友だちになるよ。ぴっちりきついジーンズの女の子が夜中に一人で街をうろつくなんてよくない。よくない、絶対よくない。誰かが母親に知らせないと。腰のあたりで髪が馬の尻尾みたいに揺れる、引き締まったお尻の上でしゅっしゅっと揺れる。引き締まった丸い小さなお尻が、目に見える一本線で二つのバターボールに分かれている。どうやったらあそこにもぐり込めるか？　うーん、そうねえ、あたしちょっと……

元々女の子の上半身にはあまり興味がない。女の子が建物の角の向こうに回り込むと、男はしばし待ってから、不快な光の中へ出ていく。

マネキンの悪戯

マネキンは男がウィンドウの前に目を閉じて立っているのを見る。男の唇と両手がガラスに押しつけられている。この人は前にも見たことがある。緑色の崇拝の目で私を見上げていた。夜更けに男たちは時おり、私に向けて下品な仕草をして私の注意を惹こうとする。あるときはダークスーツを着た男が重々しくお辞儀をした。これもマネキンの宿命、見かけの芸術の高貴な実例として避けがたいこと。いまウィンドウの前にいる人はいつも恭《うやうや》しく接してくれる。私を崇拝してくれている、たぶん一介のつましい職人。月光の中でマネキンは自分の両肩が震えるのを感じる。

瞼が動き、指が生命を帯びて小刻みに揺れる。内なる流れを彼女は感じ、恐ろしい悦びの感覚とともに首から上をゆっくり回す。ウィンドウの前の男は瞼の重い目を開《あ》けかけている。街灯の下、木の葉のような緑色に見える目が大きく見開かれる。口もあんぐり開《ひら》く。男はあとずさりし、両手を上に、あたかも依然ガラスに押しつけているみたいにかざす。脚の重みを彼女は感じ、足首を軸にして片足を回す。男の背中が電信柱にぶつかった。その衝撃に男はギョッとした顔になる。両手が宙を探り、やがて彼はそそくさと、うしろをふり返りながら立ち去る。

自分の力の証しを目にしてマネキンは満足し、ウィンドウの空間を行ったり来たりしはじめ、すらっと長い脚をぴんと伸ばし、優雅な腕を振る。時おり立ちどまって冷たいガラスに触れ、青い絹のネクタイや畳まれたシャツを指先で撫でる。うしろをふり向くと、月の光が帯になった店内が見える。一瞬のうちにマネキンはウィンドウからフロアに降り立つ。ワンピースが並んだ通路を進んでいき、両腕をつき出し、ワンピースが彼女の指先に触れて動くのを感じる。ラックに並んだハンガーがじゃらじゃら鳴る。世界は触《さわ》るべき物に満ちている。宝石類カウンターに沿って彼女は歩いていき、ガラスに指を這わせて、豊かな匂いのする革のハンドバッグやサラサラ音の立つ滑らかなスリップのあいだを通っていく。あるカウンターには、月光を浴びた、腰で終わっている一対の脚が、ゆらめく黒のパンティストッキングを穿いて立っている。その向かいのカウンターに、顔のない白い頭部が載っている。誘惑は抗いがたい。マネキンは頭部を手にとり、驚くほど軽いそれを持って通路を横切り、さっきの脚の平たい、斜面を成すてっぺんに載せる。そして一歩下がって自らの作品をほれぼれと眺める。頭部がゆっくり滑っていき、突然落ちてガラスのカウンターに当たり、床に落下して、ゴトゴトでこぼこに転がって月と影の縞模様の中を抜けていく。マネキンは落着かない。ここには彼女の心を惹くものは何もない。カタカタ鳴るラックからラベンダー色の絹のスカーフを取り、カウンターにぽつんと一本膝を曲げて立っている脚のふくらはぎに巻きつける。もどかしげに、暗く窓もない店の奥に彼女は進んでいく。影に覆われた、ブーツや靴の並ぶいくつもの棚の横に、ドアがひとつあるのが見える。ドアは重たく、金属がキシキシこすれる音とともに開く。涼しい夜の空気が顔を打つ。土手になった線路の上、黒い格子形の塔と、月にキラキラ光る黒い電線が、青黒い空を背景にくっきり浮かび上がっている。

トウヒの木の下から聞こえた言葉

「ほら！　あそこ！　上の方。見える？」

「あそこ？」

「ううん、違う、そこじゃなくて――あそこ」

「え、それってつまり……」

「そう！　そうよ！　あれってすごく……」

「いやあ、ほんとにすごく……」

「こんばんわぁ、お月さま！」

茂みの中のローラ

月に導かれてローラは、中学校の裏とデナー車体工場の裏とのあいだの、緩やかに起伏した土地にある木深い茂みにたどり着く。茂みの中は木々に囲まれて暗く、月光の切れ端が点在している。それが彼女に、クインタック湖での夏の午後、松の針葉《しんよう》に浮かぶ陽光の点、緑の草木の匂いを思い出させる。木々に囲まれてローラは安らぎと興奮を感じ、隠れているような人目にさらされているような気持ちになる。月が蜘蛛の糸のように腕や脚にまとわりつくのを感じながら、乾いた針葉を彼女はぱちぱちと踏んでいく。体が熱っぽく、冷たく感じられる。月よ、月よ、何とかして。私を救って。少し経つと、開《ひら》けた小さな場所、秘密の場所に出る。頭上の空は月の青さ、地上は月の影、月光の切れ端がさざ波のように木の根沿いを流れ、深い影に注《そそ》ぎ込む。

木々が壁を作る小さな秘密の場所、木々に囲まれたささやかな部屋の中で、まばゆく明るい一隅にローラは足を踏み入れ、月に向けて顔を上げる。月があまりに明るいので、彼女は目を閉じずにいられない。顔を上に向けたまま彼女は立っている。小春日和のときに人々がこうしているのを見たことがある。紅葉しかけた木の葉のかたわらで、みんな目を閉じて立ち、明るく光る顔を太陽に向けていた。彼女の太陽は月であり、熱っぽく冷たい。氷の炎が両腕を伝って降りてくる。彼女は月の娘。私に触って。触って。

夜の声たちのコーラス

栄えあれ、女神よ、夜さまよう者よ、太陽を袖にする者よ。栄えあれ、まばゆいサンダルを履く者よ——見守り夢見る者よ、夜の目よ、流れ注ぐ者よ。昼の悲しみを和らげ去るあなたよ、寄る辺ない心を助《たす》く友なるあなたよ——触って、いま私に触って、まぶしさで私を焦がして、白い矢で私を刺して、あなたのように清く澄むまで、狩りの女神にして癒す者よ、すべてを明かす者、慰撫し破壊する者よ。

ハヴァストロー暇《いとま》を告げる

玄関の上に掛かった裸電球のぎらつく光の下、ハヴァストローはミセス・カスコにワイングラスを渡す。

「上がってく?」くわえた煙草の煙に片目をすぼめて彼女は訊く。そして煙草を口から外し、欠伸《あくび》をしかけながら手の甲をなかば口の方へ持っていく。

ハヴァストローはウィンドブレイカーのジッパーを喉まで上げ、両手をポケットにつっ込む。

「もうじき三時ですから」と彼は言う。

「あ、三時ね。あたしは大丈夫よ」

「僕いま、あんまりいい話し相手じゃないです。歩かないと。この気分を振り払わないと」

「あなた、大丈夫？」

「振り払いますよ。もう寝てください」

「ええ。寝るのね。ねえ。あれ、聞こえる？」

「キリギリス？」

「あれキリギリスなの？」

「コオロギかも。セミかな。わかりませんよ」

「あの音、一生ずっと聞いてきたわ。ルイジアナでも。ほら、聞いて」

野の虫たちの歌

いつかは《バイ・アンド・バイ》
チュカ＝チュク　ムムム
オー　いつかは
チュカ＝チュク　ムムム

いかに生きるべきか

「絶対見えないんですよね」ハヴァストローが言う。「いつもいるのに、絶対見えない」

「よく父親と二人で夜遅く家の裏で、網戸の付いた広いポーチに座ってたわ。二人きり、パパとあたしだけで。パパはスーツ着て白い帽子かぶって。聞いてごらん、ってパパは言った。聞こえるかい？　あれはすべての終わりの音だよって」

「いい人だなあ」

「あの音覚えておけよ、ってパパは言った。あの音が、どう生きればいいか教えてくれるからって」

「教えてくれたんですか？」

「全然。でもつい、いつも耳を澄ませてしまうの」

「たぶんコオロギだと思いますね。少なくとも何匹かは」

コオロギ・ブルーグラスバンド

楽しくやろう《リヴ・イット・アップ》、　楽しくやろう《リヴ・イット・アップ》、　楽しくやろう《リヴ・イット・アップ》、　楽しくやろう《リヴ・イット・アップ》
楽しくやろう《リヴ・イット・アップ》、　楽しくやろう《リヴ・イット・アップ》、　楽しくやろう《リヴ・イット・アップ》、　楽しくやろう《リヴ・イット・アップ》

お休みなさい

「じゃあお休みなさい」

「お休みなさい」

半開きの戸口に、ミセス・カスコは空のワイングラスを持って立っている。

「大丈夫?」彼女は呼びかける。

「大丈夫、大丈夫です。ばっちり大丈夫。しっかり大丈夫」

彼女はグラスを持ち上げて敬礼する。

「じゃ——お休みなさい」

「お休みなさい」

彼は架空のグラスを持ち上げる。

「夜に乾杯！」

「賛成」

彼女は飲む。

「お休みなさい」

「お休みなさい」

見えないローラ

　月光に包まれてローラは立ち、目をきつく閉じて、白い熱が体に入ってくるのを感じる。月の剣《つるぎ》がぐいぐい差し込み、彼女の落着かなさを焼き去り、彼女を浄《きよ》め、彼女を殺す。ローラは眠くかつ覚醒していて、握りこぶしのように張りつめかつ失神しかけている。自分が何をしたいか彼女にはわかっている。目を開けずに、明るい秘密の場所で、デニムの上着を彼女は脱いで仰向けに横たわる。Tシャツを頭の上にするっと通し、ジーンズを押し下げ――パンツははいていない――月光の下に裸で横たわる。月よ、私を自由にして。私を自由にして。張りつめた尻を松葉がくすぐり、肩を、脚の裏側をくすぐる。腹に当たる空気が涼しい。月の光に焼き尽くされてしまいたい。彼女は考える——こんなの狂ってる、誰かに見つかったら。彼女は考える——どうだっていいどうだっていいどうだっていい。そうして彼女は力を抜く。光にくるまれて、見えないローラは、燃えさかる月にわが身を献げる。

裏庭のダニー

自宅のある通りに折れると、ダニーは疲れ交じりの落着かなさに包まれる。丸い金属柱のてっぺんから街路標識がなくなっている。僕はどこでもない街の、名なしの通りに住んでいるのだ。通りの向こう側に何があるのか思い出そうとしている老人ホームに住む薬漬けの老女たちのように、二階建て木造の家並が高速道路の急勾配の土手と向きあっている。ダニーは階段をのぼって暑い部屋に戻る気になれない。椅子の背に掛けたシャツや、BB弾の穴が空いた開《ひら》いた窓や、裂け目にセロテープを貼った網戸を見る気になれない。窓から見える夜の眺めを彼はあまりに知りすぎている――照らすものもなく一本ぽつんと灯っている街灯、暗い木々が生えていて屋根と同じ高さの土手、土手の上の道路を転げるように進みガードレール間のすきまからヘッドライトの光をちらちら見せているトラック。いいや、あそこに戻るより、壊れた籐作りの二人がけソファがある玄関ポーチを回り込んで、轍《わだち》が刻まれ草があちこちつき出た土の車寄せを進み、裏庭へ入っていく方がいい。ポーチへの階段のかたわらに、月光を浴びてギラギラ光るブリキ板に覆われた、地下室の傾いたドアがある。ホースのぞんざいなとぐろを掛けたフックの横にゴミバケツが立っている。あの鍵を取り返さなくては。小さな裏ポーチの柱に掛けた滑車から物干しロープが一本、車庫の一端まで延びている。白いタオルが二枚ロープからぶら下がり、黒い平行四辺形を芝の上に投げている。下着が下がっているのを見てダニーは気まずくなる。母親のスリップとブラ、彼自身の白いパンツ。キッチンの窓は暗い。こんな遅い時間には誰も起きていない。二階の両親の寝室の窓のひとつで、ファンがブーンとうなっている。彼の体が作る月影が芝生にくっきり鋭く広がっている。月の光でタンポポが見える。ギザギザの葉っぱ、クローバーのかたまり。ダニーは突然、芝生の上、物干しロープとタオルの影とのあいだに身を横たえる。頭上の大きな月、地上の小さな町。ダニーは月の下にいる。夜が彼を押さえつける。今夜をまるまる洗い流してしまいたい、この一生をまるまる。高速道路をトラックがゴロゴロ走るのが聞こえる。ウィンドファンのうなり、コオロギたちの柔らかな金切り声、車のタイヤが道路を擦《す》る音。月が彼を見下ろしている。欲望が訪れる——手を伸ばして月を抱きしめたい、月を胸に引き寄せたい。おおレイディ・ムーン、はるか空の女《ひと》。疲れた思いで彼は目を閉じる。

月へ贈るダニーの歌

おおレイディ・ムーン、はるか空の女《ひと》、
降りてきませんか、高い高いおうちから?
降りてきませんか?

僕が死ぬ前に降りてきてくれたら、
あなたにあげます　ライウィスキーと　アップルパイ一切れ。

ジャンジャンジャカジャカジャン。

夜の訪問者

小さな家をかたどった巣箱のあるヒッコリーの木の前を過ぎ、セイヨウミザクラとイロハモミジの前も過ぎ、高いネコヤナギが三本とレンギョウが九本植わった柵に沿って、菜園の端に並ぶヒャクニチソウのそばを抜け、それから、裏手ポーチの下の格子造りに沿って進みゴミバケツの前を通り、巣箱のあるヒッコリーの前を過ぎる——一人で生きる女はこの夏の夜、そうやって歩く。ピンクの夏用バスローブを青いナイトガウンの上に羽織って、髪には黄色いヒャクニチソウを一輪挿して。芝生が裸足に涼しく、柔らかく、芝のすぐ下の硬い土が足を押し上げるのが感じられるが、何よりいいのは、足の裏で小さなリンゴのような感触の丸い緑のヒッコリーの実だ。日の光の下ではすごく小さな緑のカボチャみたいに見える。いまは月光がくっきり鋭く影を投げている。魔女の帽子みたいに見える巣箱の長い影を彼女は見る。セイヨウミザクラの影の枝や、菜園のトマトの支柱の影、芝生の上でさざめく彼女自身の細長い影を見る。小さいころよく夏の月の下で人形たちとお茶会を開いたものだ、もうずっと昔のことだけど。そして突然、自信が持てなくなる。本当にそんなこと、やらせてもらえただろうか？　銅像ごっこをしたことは覚えている。ぐるぐるぐるぐるぐる回って、片脚をつき上げたまま緑の芝生の上に倒れていって——止まれ、動くな。彼女は目を閉じ、両腕をつき出して回りはじめる、でもすぐに目を開けてあたりを見回す。こんなことするなんて、はしたない。もし誰かに見られていたら？　せっかくの気分を台なしにしてしまった。もう家に入る時間。一人で暮らす女だって眠らないといけない。もう一度庭を一回りし、裏のポーチへの階段をのぼって、キッチンのドアから中に入る。キッチンの中に明るい月光があふれている。暗い居間に入っていって、椅子に座っている女の子たちを彼女は目にする。

夜の中、女の子たちは彼女を訪ねてきた。みんな黒い仮面を着けていて、鳥のように立ち上がる。

「あら、行かないで」彼女は両手を喉に押し当てて叫ぶ。「びっくりしたわあ。レモネード召し上がらない？　ぜひ。ぜひゆっくりしていって。嬉しいわ、ほんとにびっくりした」

キス

彼はあたしの両手にキスしている、あたしの顔に触っている、ハンサムな人、心を裂く人《ハートブレイカー》。青い夏の夜、生垣をつき抜けてあたしの家の裏庭に入ってきた。彼に両手をキスされながら、顔に触《さわ》られながら、トウヒの木の下で——トウヒの香り！——部屋にいた自分をあたしは思い出す、窓の内側にいた自分を、いつかの別の人生で。彼が呪縛を破ってくれた、あたしを夜へと解き放ってくれた。あたしの両手にキスしている、あたしの顔にキスしている。いま彼の姿は見えない、彼の全部が触覚になっているから、ずるい人、心を盗む人《ハートスティーラー》。好男子とは好ましくふるまう人《ハンサム・イズ・アズ・ハンサム・ダズ》。

誰がそう言ったんだっけ？　あたしの母さんだ。それってどういう意味だろう？どういう意味か教えて！　彼があたしの口にキスしている。ニブルニブル、ゆっくり少しずつ嚙むキス、キスし返したくなるキス。ニブルニブル、小さなネズミ。あたしのおうちをニブルニブルしてるのは誰？　あたしは彼の口にキスしている、彼のキスにキスしている。キス・キス。オー・イエス。イエス・イエス。あたしは弾けて割れてしまいそう。目から花が飛び出してくる。夜に気が狂ってしまいそう。どうしてあたし？　どうして彼？　ほらほら、落着いて。しっかりしなさいったら。こんなのテレビでさんざん見てきたでしょ――カッコいい男の子、命とりのキス、郊外生活の悲哀。このみっともない髪！　あたしに触ってる、あたしにキスしてる。この人って誰？　誰？　この人は夜、この人は世界。夜を持ってくる人、呪縛を破ってくれる人、キスを持ってくる人、心をねじり締める人。そうしてそんなの全然変なんだけれど、暖かい青い夏の夜もまるごと彼がポケットに入れて持ってきてくれた気がする。ほら、これ――そうして彼がひょいと投げ上げると、見よ！　白い月、青い空、ロープのブランコ、トウヒの香り。彼があたしの口にキスしている、あたしは彼の口の中に落ちていく、なんかちょっと頭が変、でもこれでいいんだ。

櫛

中学校裏のグラウンドのうしろで、艶やかな黒髪の男は観客席の影の中に立っている。ぴっちりしたジーンズの女の子が茂みから出てくるのを男は待っている。十三分経ったのに彼女はまだあの中にいる。観客席の奥の高みからは、月に洗われた斜面が木々まで延びているのが見え、グラウンドがデナー車体工場の裏手まで広がっているのが見える。女の子が木立の中に入っていくのを男は見た。いったい何でこんなに時間がかかっているのか。まさかひょっとして？　あの中で？　ジッパーを下ろして。引きずり下ろして。しゃがみ込んで——誰も見ていない。暗い。男は闇からまぶしい月光に歩み出て、自分の影が目の前に槍みたいに投げ出されるのを見る。男はためらい、うしろに下がる。光はいい感じではない。男はズボンのポケットから銀色の櫛を取り出し、髪を梳《と》かしはじめる。一回櫛を入れるたびにもう一方の手を持ち上げ、撫でつける仕草をする。

線路沿いを行くクープ

ゆっくりぶらぶら、クープは商店の裏側と線路の土手とにはさまれた裏道を歩いて家に帰る。この裏手の、誰のものでもないみたいな場所がクープは好きだ。黒い影に包まれた商店、明るい月光を浴びた土手。ビールは六杯飲んだ、いや七杯かな、まあどう多くても八杯、べつに騒ぐような話じゃない。黒い鉄の跨線信号台《ガントリー》が線路の上にそびえ、空を背景に黒い橋のように見える。垂れ下がった電線が月光を浴びてキラッと光る。ここでは街灯もまだ旧式の、自動車のヘッドライトの色で、どうにも好きになれないクールエイドっぽいオレンジ色の新型に交換されていない。新型のは名前も化学っぽい――ボロンじゃなくてラドンじゃなくて、ええともう少しで出てきそうなんだが。高校のころは暑い夏の夜に裏道を歩いたものだった。女の子を探して、厄介事《トラブル》を探して。いま彼は用心深く歩く、細部を取り込みながら。ウィンドウのマネキンが動くのを見た動揺がいまだ収まらず、クープは世界をしかるべく押さえ込んでおきたい。大きな金属のゴミバケツが店の裏手にそれぞれ置いてある。影に包まれたパイプや丸っこいガスメータが地面付近の壁からつき出ている。時おり店と店のあいだにすきまが生じ、メインストリートの向こう側の店の、照明の灯ったウィンドウが垣間見える。バリウム硫黄《サルファー》？　裏道の明るい側、ヒカゲノカズラや傾いたニワウルシの木が土手の石のすきまから生えて、金網の高さまで達している。思い出した――ナトリウム蒸気《ソディアム・ヴェイパー》。**危険　高電圧**と書いた看板の付いた鉄の跨線信号台のかたわらをクープは通り過ぎる。言葉の横にジグザグ形の稲妻が描いてある。てっぺんの横棒に付いた茶色いガラスの絶縁体を月光がキラキラ照らす。夜行列車、明るい黄色のウィンドウ、あちこちへ行く人々、なかば目を閉じてうしろに寄りかかる粋な着こなしの女たち。列車の汽笛が轟き、聞いた者の血が跳ね上がる。クープは車体工場に勤めていて、凹みを叩いて直したり錆にペンキを塗ったりしている。サイドビジネスも少し、上の階に住んでいる騒々しい家族と共同で使っている修理工場でエンジンの修復などをやっている。仕事はひどく疲れる。ほかに何ができるだろう、と彼は思案する。高校を卒業したあとの夏、引越し屋のバンを運転してギックリ腰になりかけた。ここらで何かツキが巡ってこないものか。明日客がシェヴィを取りに来るってのに、まだ見てもいない。自分の店を持たなきゃ駄目だ。銀行に預金がないと。俺だって人に負けない腕がある。ツキさえあれば。ちょっとばかりキャッシュがあれば二、三年で裕福横丁《イージー・ストリート》の住人だ。ばっちり左団扇《メイド・イン・ザ・シェイド》。よくやった、ビル・ベイビー。ウィリアム・クーパー、居住地、月、夢の町《ドリームヴィル》、裕福横丁32番地。ミスタ・ウィリアム・クーパーとミセス・イザベル・アマンダ・クーパー、元マネキン、がコネチカット州ムーンヘイヴン、ホワイトローン・アベニューのダンスパーティにご招待いたします。別人になってお越し下さい。白いドレスの踊る女の子たち。五年生のときにミス・ウィンターボトムという可愛い先生がいて、クープは一年中ずっと雪のように白い先生の尻《ボトム》のことを考えていた。クープが見上げると月は冷たく遠く離れて見える。クープはつまずき、危うく転びかける。息は荒く、心はぐるぐる回っている。ビール八杯だったかな。ひょっとして九杯か。焼けてしまう前の古いジェットコースターを彼は思い出す。夜には浜辺から見えたし、水の向こうから悲鳴が聞こえてきたものだ。コースターに乗った女の子たち、最初の急降下、みんなキャアキャア喜んで。クープは用心深く裏道を渡り、一軒の店の裏手の、ゴミバケツとガスメータのあいだに座り込む。コオロギたちが目一杯歌っている。ウィンドウの中で彼女は絶対動いた。窓を開けてメインストリートを走る車がロックミュージックを夜の空気に向けてがなり立て、またどこか沈黙の世界へ消えてゆく。子供たち、夏、革の野球グラブの匂い、のんびり愉しい時、みんななくなった。高校の廊下を歩く可愛い女の子たちももういないし、生きいきした笑顔も気さくな笑い声ももういまはない。モーリーン・オドネルと玄関ポーチに座った夏の夜、籐椅子の軋み、彼女の肌の清潔な匂い。夜だけは時たまそれが戻ってくる、昔の気持ちが。帰っておいで！　もう一度！　明日確かめてみよう、彼女がまだちゃんとあそこにいるか。

夜の声たちのコーラス

高校の廊下を歩く可愛い女の子たちももういない
白いブラウスも、裏庭の笑い声ももういまはない
夏の夜の高速道路ドライブももうない
古いジェットコースターももうない、跳ねる馬たちも

ピエロとコロンビーナ

ただひとつに決められた傷心の姿勢から解き放たれて、憂いに満ちたさまざまなポーズへと自分が広がっていくのをピエロは感じる。これでやっと、退けられた望みない熱愛の詩情を十分に表現できる。愛しいコロンビーナは、ひとつに決まった蔑みの表情に依然閉じ込められているけれど、それでもこの上なく美しくて、ピエロは崇拝と破滅のポーズを種々に変化させつついつまでも彼女の足下にひれ伏していたい。けれどいま、すべてを溶かす月の力の下、彼女もやはり解放されて、つれない表情の豊かなレパートリーを試せるようになった。からかい、辛辣、無情、非難、嘲笑、拗《す》ね、喧嘩腰、退屈——これに高慢な冷淡さと繊細な倦怠の雄弁なしぐさが伴う。無慈悲な彼女は本当に美しく、癇癪《かんしゃく》の発作や計算ずくの侮辱も本当に魅力的で、絶望の姿勢を採りながらもピエロは、もっと彼女に貶められてもっと屈辱的でもっと心を押しつぶす欲望をなおいっそう豊かに表現したいと願うばかり。網戸を入れた屋根裏部屋の窓の下枠に脚を組んで座る彼女が、片方のふくらはぎをさっと振り、退屈した様子でほぼ満月の月を見やるとき、ピエロはその目を捉え、すばやく、うっとうしげに彼女が目をそらすよりも早くひざまずいて両腕をつき出し、愛に殺された者の姿勢で優雅に頭《こうべ》を垂れる。

月光のハヴァストロー

癒されざるハヴァストローは遠回りして家に帰る。小脇にはミセス・カスコに押しつけられた『ジェニー・ガーハート』を抱えている。いま読みたい気分の本じゃない。知りあったころからずっと彼女はいろんな本を、ハヴァストローの社会的意識を高めるはずの本を貸してくれてきた。本を脇腹に押しつけてハヴァストローは歩きつづける。このくたびれた古い侘しい古い町のあらゆる道路を彼は知っているし、インディアンのかつての居住地跡も、十七世紀の農場も、一七七九年に英国軍が銃を放ち火を点けながらたどった道筋も知っている。そのすべてを抹消してしまいたい、一からやり直したい、土地をインディアンに返すのだ。いやそれより、土地を彼に、新世界の王ハヴァストローに与えよ——罠猟師《トラッパー》、ハンター、漁夫、農夫、リンゴの種を蒔《ま》く者、星を眺める者、道を切りひらく者、開拓者《パスファインダー》、鹿殺し《ディアスレイヤー》、陽焼けした頰の裸足の少年、フーサトニック川を行くハック・フィン、野に在る哲学者、アライグマ皮帽《クーンスキン・キャップ》の食わせ者爺さん、狡猾な目つきのヤンキー、綿繰《わたく》り機・印刷機・タイプライターの発明者、図書館の創設者、インディアン相手のアメリカ製ジーンズ配給業者、三十室の大邸宅に住む叩き上げの大立者、故郷に錦を飾った男、自力で出世の梯子をのぼった百万人に一人の人物、独りさまよう者《ローン・レンジャー》、さすらいの旅人《ウェイフェアリング・ストレンジャー》、生まれながらの負け犬、運の尽きた男。ハヴァストローはふうっと大きくため息をつき、自分でその音に驚く。この調子じゃじきブツブツ独り言を言い出すぞ、歯も抜けた意地悪爺《じじ》い、あごに涎《よだれ》がたらたらだらだら。三十九歳、大の男が母親と一緒に住んでる。本はいつまでも書き上がらないだろう。ああ、すべてが照らし出される夜！　まばゆい月よ、僕を照らしてくれ！　僕は落伍者だ。外へ出て職を探すべきなんだ。そうだよあんた、そのとおりだよ。二十代に携わった仕事をあらためて列挙してみる。サルズ・ホームクッキンの皿洗い、グリージー・ジョーズの下っ端コック、コージームーン・モーテルの夜勤、灌木《かんぼく》刈込み、落葉掻《か》き、ペンキ塗り、蜂退治、車寄せ舗装、雨樋《あまどい》清掃、小学校の算数教育に関する著書執筆中の元大学教授の個人秘書、中華料理店の出前持ち、クインタック湖の貸しカヌー係員、ハロウィーンの荷馬車遠出《ヘイ・ライド》客相手の役者（幽霊役）。三十九歳、何の実績もない。お袋さんに食わしてもらってるのか？　生まれた家からいまだに出られずにいる。うるさいな、黙れよ。もう年だ、僕はもう年だ。郵便箱がオリーブグリーンで、止まれの信号が黄色だった時代を彼は覚えている。三十九歳。多くは望まない。部屋ひとつ、鉛筆一本、チキンスープ一缶あれば。ああ、荒野！　パン一斤、ワイン一壜、そして四万ドル。大の男は銀行に預金があるものだし、ローンがあって、子供が、妻がいて時計バンドがあるものだ。じゃあ僕は何者だ？　だんだん面白くなってきたぞ——僕は三十九歳の落伍者。ひとつの迷妄を人生の基盤に据えてしまった。失われた、道に迷った男、自分という森に迷って、己の下生えに足が絡まっている。頭上に星はなく、真っ暗。大人になれ！　あきらめろ！　ハヴァストローはふたたびため息をつく。放っといてくれ。彼は救いを、心の避難所を必要としている。夜よ、僕を慰めて。馴染《なじ》みの月よ、僕を癒して。月は彼を裏切った。夜は彼を裏切った。夜はより暗い昼にすぎない。ハヴァストローは顔を上げ、空に向かってこぶしを振り上げる。こんな街路大嫌いだ、こんな澄まし込んだ家並大嫌いだ。いつもの道を捨てて、もっと野に近い道で帰ることにする。中学校裏の原っぱを横切って、木立を抜け、少しのあいだ地上から姿を消すのだ。

夜の声たちのコーラス

栄えあれ、女神よ、眩《まばゆ》い者、輝く者よ——彼を惑いから解き放ちたまえ。彼の重荷を軽くしたまえ、彼の闇を消し去りたまえ——眠れる心に目覚めることを教えたまえ。栄えあれ、女神よ、夜の魔法使いよ——迷える者に道を示したまえ。

子供たち、森に入る

月に照らされたあちこちの裏庭を横切り、赤黒い金属柱二本のあいだに張られた緑のバドミントンネットの下を抜け、黄色いダンプカーが長い尖った影を投げる砂場の前を過ぎて、白い花を咲かせた生垣のすきまの下を通り、水が止まったスプリンクラーに付けた緑っぽい黒のホースが作る線を越えて、車庫の角の向こうに回り込み、忘れられた青い水鉄砲や赤い木の把手が付いた縄跳びロープの前を過ぎて、子供たちは町の北側へ向かってゆく。北の方では道路もゆるやかにうねる広い田園道路となっていて、中央に黄色い線が二本描かれ、両側には赤い反射器が付いた短い木の柱が並ぶ。時おり、長いピンクの尻尾の付いたオポッサムの死骸が道端に転がっている。音楽はさっきより大きく、より執拗になっている。子供たちは茶色い柱同士をつないでいる太くよじった金属ケーブルをまたぎ越し、森に入っていく。松ぼっくりや枯葉が地面でパチパチ鳴る。木の枝や森の床のあちこちに月の斑点が見える。子供たちは時おり、何かの音にハッと立ちどまり——ウサギだろうか、それともアライグマか——いずれまた先へ進んでいく。まさか森に虎が？　音楽はますます大きくなり、ますますはっきりしてくる。木々の枝の下で子供たちは、暗い笛の音が彼らの肌を撫でながら流れていくのを感じる。

ダニーと女神

南コネチカットのこの晴れた夏の夜、月の女神は玉座に坐している。はるか高い座から煙突や屋根を見下ろし、ガラスの絶縁器が点在する電信柱の腕木を、高速道路を転がるように進むトラックを見下ろす。ガスタンクと貯水塔を、ロングアイランド海峡の暗い小さな波を、線路と白い杭垣《くいがき》を、救命係用の椅子とサトウカエデの木を、石灰石の採石場と松林とコンクリート工場の降ろし樋《シュート》を、鉄塔間に張られた高圧線を、中央に黄色い線が二本入ったくねくね曲がる田園道路を、静かな郊外の街路に植わったノルウェーカエデから一つひとつ羽根をたたえてぶら下がる実を、裏庭の物干しロープと車庫とのあいだに横たわって眠るダニーを女神は見下ろしている。美しい少年は両腕を投げ出し顔をわずかに横に向けている。頬の肌は滑らかだ。金髪の産毛が、短い黒っぽいもみあげの下と上唇の両端でちらちら光る。女神は乳白色の馬四頭が引く銀の馬車に乗り込み、髪を風に明るくなびかせ、流星のように颯爽《さっそう》と夜の空を急降下してゆく。そしていま輝ける者は馬車から飛び降り、芝の上を大股で、美しい少年が横たわって眠るところへ歩んでゆく。すっかり魅入られて女神は少年を見る、命に限りある、美しい、若い、死に向かっている者を見る。女神は膝をつき、安らかに眠る愛らしい顔を撫でる。決してこの少年を、眠りの魔法にかかった者を、目覚めさせはしない――夢の中でこの子を縛るのだ。彼女はそっと少年の服を脱がし、自分のマントの留め金を外す。眠れる者の肌をさすり、夢に閉じられた瞼にキスし、片手で彼の愛の槍を硬くする。そして彼にまたがる、少年にまたがる女神、彼を引き入れる、夜の美しさをたたえた者を、眠った身そのままに。深い夏の眠りに沈んで、地上の子は横たわって夢を見ている。女神の呪縛に囚われた少年には、夜を通って彼の夢に落ちてきた輝ける者が見えるのだろうか？

はためく胸で彼女は休む、鋭く傷を負った女神は。それから彼女は、命に限りある愛の憂鬱を感じる、なぜなら地上の子供たちは息をするさなかにも刈られた芝のように墜《お》ちつつあるからだ。地上に縛られて彼女はそこにとどまる、愛の重荷を負った女神は。そっと少年に服を着せ、一度だけふり返って彼を見て、眩いサンダルを履いた者は迅速に馬車に乗り込み、夜空へ昇ってゆく。裏庭の芝生の上で、この晴れた夏の夜、ダニーは眠ったままもぞもぞ動く。

居間と月

一対の開いたカーテンのあいだから、月光が居間に入ってくる。マホガニーのピアノベンチの上に載った、銀の斑点がついたラズベリー色のローラのバレッタを月光が濡らし、彼女の父親がメイン州の海岸で撮った、逆さに置かれたボートの横に積まれたロブスター罠のガラスの額に入った白黒写真を濡らし、コーヒーテーブルの上に立つ中国人の青い陶製の小像を、ランプテーブルのかたわらの読書椅子の肱掛けに載った牛革の鍵ケースに付けた青銅の鍵を濡らす。カウチに座って、網戸を入れた、カーテンの開いた窓の方を向けば、向かいの車庫のドアの上に掛かったバスケットボールのネットが見えるだろうし、紺色の空を背景に浮かび上がる黒いテレビアンテナのある屋根が見え、そして、青い影がかかったほぼ満月の白い月が見えるだろう。黒いアンテナが、下から三分の一くらいの部分に水平に切れ目を入れ、月を不均等に二分している。

トウヒの木の下で

名高い瞬間が訪れた――トウヒの木の下にいる裸の若い恋人たち、月の光、夏、云々。自分の幸運に男は仰天している。彼女の迷いのなさに、自分の中にどっと湧いてきた真剣な感情に仰天している。あたかも紺色の夏の夜が彼の中へ入ってきてなぜか彼を通して活動しているかのように。恍惚へと徐々に向かっていくなか、近づきつつもまだ達せずにいるなか、まだ達したくないと思っているなか、彼は突然、驚きとともに自問する、どちらがより心を裂くだろうかと――夏の夜のトウヒの木の下での奇妙に厳《おごそ》かな愛の交わりそれ自体の記憶か、それとも、彼女が影から飛び出してきて両脚の上で波打つ月光の中へ入っていき一気に抑制を解いた姿の記憶か。そのとき彼女は宙に浮かんだみたいに見え、月の光を内から発し、神秘的で、月に目が眩んだ夏の夜から打ち放たれた存在だった、それから彼女の体が下降していった、地に縛られた身、愛を重くたたえた身。トウヒの匂い。彼女の頭がうしろに倒れて。彼女の髪。月の下での狂気じみた笑い。

人形たちの踊り

月光の筋が走る屋根裏で、人形たちが踊り出す。パートナーと踊る者もいれば独りで踊る者もいて、はじめはゆっくりと、それからだんだん速くなっていき、くるくるくるくる、めいめいの踊り方で踊る。象たちは象のダンスを踊り、虎は虎のダンスを、ラガディアンはへなへなの縫いぐるみ人形《ラグドール》ダンスを、片目のモコモコ熊はモコモコ熊ダンスを、陶製の頭に目は青いガラスで黒い麦わら帽をかぶった人形は堂々たるメヌエットを踊る。黒いバズビー帽に赤い上着の兵士は、睫毛をはためかせ顔をそらすコロンビーナと踊る。突如ピエロが古い椅子から、二人のかたわらの床に飛び降りる。大きな白いボタンの付いた、袖が大波のように膨らんだ緩い白のチュニックがゆっくりはためいてやがて静止し、白いパンタロンの膝あたりまで垂れる。ピエロの頬は小麦粉のように白く、目はまぶしく黒い。引っ込み式の刃が付いたおもちゃの短剣をピエロは引き抜き、自分の胸に突き刺す。両手で胸を押さえつけ、よろよろ数歩うしろに下がり、くずおれて片膝をつき、コロンビーナをじっと見て、床に倒れ込む。コロンビーナが巻き毛をさっと傲慢に振って兵士と踊りながら遠ざかるなか、ピエロは片肱をついて身を起こし、持ち上がった膝に細長い片手を物憂げに載せ、立ち去る彼女のうしろ姿を、恨めしげな渇望の表情で見送る。

片目のモコモコ熊のうた

あいちてうぅ《アイ・ワヴ・ウー》。きみぼくのことあいちてうぅ《ダズ・ウー・ワヴ・ミー》？

ゴミバケツ

桃の色のワンピースを着て深緑のサングラスをかけたマネキンは、裏道の月に照らされた側を線路の土手に沿って歩く。己の自由に彼女は高揚し、夜の匂いに、喉に触れる夜の空気に高揚し、歩きながらすらっとした腕を振り、狭い鼻孔から深く息を吸い込み、アーモンド形の見開いた目の丁寧にカールさせた睫毛のあいだからすべての細部を見る。土手の斜面に転がった小さな平たい石ころ、月にきらめく柵の菱形のすきま、紺色の空に浮かぶ黒い電線、石ころに交じって光るつぶれた青と銀のビール缶。ある地点で彼女は立ちどまり、長い茎の上に咲いたタンポポを一輪摘む。それを手に持って歩き、ほっそりした指でくるくる回しながら、そのぴりっと苦い芳香を吸い込む。裏道の暗い側で、カーブしたパイプの集まりが建物の地面近くからつき出ている。何かの形が見え、近づくにつれてそれが一人の男であることを彼女は見てとる。ウィンドウにいたあの人だ――あの人が、ゴミバケツの横の壁に寄りかかって座り込んでいる。目は閉じているが、彼女が近づくとともに徐々に開いていく。立ち上がる支えにしようとするかのようにゴミバケツの蓋に男は片手を載せるが、体全体は動かさずにただぼんやり前を見ているだけ。マネキンは裏道を渡って月光から影に移り、男の前で立ちどまる。愕然と見上げている顔を彼女は見下ろす。突然の衝動に従って彼女はかがみ込み、タンポポの茎を、男の銅色の髪の、耳のすぐ上のあたりに挿す。男はゴミバケツの蓋を押さえ、立ち上がろうとあがく。頬に涙の筋が走っている。壁にもたれつつようやく立ち上がるが、いまだとまどったまま呆然と彼女を見ている。男が自分より背が低いことをマネキンは認める。タンポポが髪からだらんと垂れている。彼女はほっそりした片手を伸ばして彼の顔に触れる。

肌というものに触れるのはこれが初めてであり、それは骨を下に隠して柔らかく、滑らかだ。彼女自身の手や頬はガラスのように硬いままだ。彼女は男の片手をとり、二人はゆっくり、裏道の影の側を歩きはじめる。土手の深緑の香りに交じって、男の上着の革の匂いがする。男とともに影から月光に歩み出ると、自分のほっそりした肩に、降ってくる月光の柔らかいすべすべの重みが感じられるように思える。

暗いパーティ

　ポケットナイフを掴んで立ち上がった〈夏の嵐〉は、その女性がいささかあっ、あっちへ行ってしまっていることを見てとる。逃げろ、という合図が腕の中で止む。用心深く立ったまま、待つ。

「明かりは駄目よ」と〈夏の嵐〉は命じる。

「もちろん！　こんな夜ですもの！　それに、ほら――そこの窓に映ってる月。えーとあの詩、どう言うんだっけ？　見よ、月は今宵何とかかんとか……思い出せないわ……」

女の子たちはいつでも出ていける態勢でいるが、喉も渇いているので、気のふれたおばさんがもう一度勧めてくれるのを〈夏の嵐〉は待つ。自分で言っておいてすっかり忘れてしまったみたいだ。

「レモネードって言ってましたよね」

「ああ、そうだったわ、たしかにそう言ったわ。皆さん帰っちゃ駄目よ。レモネード飲む人が一、二、三、四、五人ね。夏の夜にはうってつけの飲み物よね」

キッチンから、氷のキューブがグラスに落ちる音、液体が注がれる音、グラスとグラスがかちんと当たる響きが聞こえてくる。

彼女はグラスを載せたトレーを手に戻ってきて、女の子一人ひとりに配って回る。ニコニコ笑っている、ピンクのバスローブを着て素っ頓狂な花を髪に挿している女性。

「あなた、座ったら?」と彼女は〈夏の嵐〉に言うが、相手は首を横に振り、立ったまま冷えたグラスを受けとる。

「それじゃあらためてご挨拶します——ようこそ、お若い方々。あたしいま、裏庭を散歩しながら思ってたのよ、どんなに素敵だろう、ほんとにどんなに素敵だろう、もし……。でもね、あたしちょっと練習不足なの、こんな所に一人で住んでるものだから、だからもし何か変なこと言ったりやったりしても、どうか、勘弁してちょうだいね」

「ええ、大丈夫ですよ」と〈黒い星〉が言う。

「じゃあヴィクトローラで何かかけるわね」

暗い中で彼女はキャビネットの上にかがみ込み、レコードを一枚抜き出す。もう帰る潮時だろうか、と〈夏の嵐〉は思案する。女性はレコードをプレーヤーに載せて、トーンアームがかすかにシュッと音を立てて降りていく横にじっと立っている。レコード盤が縁を黒光りさせて回転するのが〈夏の嵐〉の立っているところから見える。その音楽に彼女は不意を打たれる。それはメリーゴーラウンドで聞くたぐいの、哀しく快活な音楽だ。綿菓子の匂いと、乗り物がカタカタ鳴る遠い響きとに彩られた木馬のメロディ。月に照らされた暗い居間で、〈夏の嵐〉は気のふれたおばさんがゆっくり回り出すのを見守る――両腕を広げ、目をなかば閉じて、孔雀の模様の暗い絨毯の上を彼女は裸足でくるくる回り、その口許には笑みが浮かんでいる。

ギャラリーに並ぶ絵

中学校裏の小さな林に入っていきながら、艶やかな黒髪の男は心穏やかでかつ興奮している。心穏やかなのは、そこに彼女がいるとわかっているから――こんな夜遅くに一人で外にいてはいけない若い女の子、だってお母さんに言われたでしょ、夜駄目ですよ、そんなぴっちりしたジーンズで夜の街を歩いたりしたら、人目についてしまうわよ――彼のギャラリーに入るはずの女の子が。三つの理由で彼は胸躍らせている。今日すでに二枚の絵をコレクションに加えたから、三枚目はこの上なく刺激的になりそうだから、そもそも探求自体につねに胸躍らせるものがあるから。

今日図書館で、書架のあいだにひそんでいた褐色のトレンチコートを着た金髪の人物は彼の収集の妨害を目論む刑事だと男は確信したが、それでもちゃんと二枚集められたのだ。大判の美術書が並ぶ美術書棚の前に彼はひざまずき、並んだ本のてっぺんが作る狭いぎざぎざのすきまごしに、黒い低い靴を履いた高校生の女の子が彼の方を向いてかかとに重心を載せて立ち、本を探しているのを見た。たっぷりした黄色い髪が白いブラウスの一方の肩下まで垂れ、クリーム色のスカートが陽焼けした大きな膝の下にぴんと延びていた。片方の膝がもう一方よりわずかに高い。女の子が本を探してわずかに移動し、手を伸ばして、片手で髪をうしろに払うと、二つの膝がたがいから離れて、また突然ピタッと合わさり、見えたと思えばまた見えず、開いては閉じ、脚に生えた産毛、いったいどういう、からかってるのか、そのかしてるのか、遊び女が。少しあとで今度は生物学の棚の前にひざまずいていると、ずんぐりした、不健康そうに青白い、頬に黒い産毛のある女の子が向かいの通路に座り込んで、彼の方を向いて書架に寄りかかっているのが見えた。勉強熱心なタイプ、本に没頭している。持ち上げた膝をぴったりくっつけて座り――すごくお上品！――くるぶしは離れ、黒いスカートは青白い膝の上にぎゅっと引っぱられて、ぽっちゃりした指に髪を一束巻きつけるなか、魚のように白い太腿の裏側とパンツのピンクの膨らみが垣間見えている。どちらも一級の展示品だったが、褐色のトレンチコートを着た金髪の男のせいで落着かないので、じきに図書館を出た。そしていま、林に入っていきながら、ぴっちりしたジーンズを穿いた、いくら晴れた夏の夜とはいえ人けのない場所を一人で歩いたりしてはいけない女の子が、もっとゆったりした、いっそう抗いがたい愉しみを与えてくれることを男は確信している。

クープと貴婦人

これが幻覚だろうとなかろうとクープにとっては同じこと。とにかく貴婦人が彼の許に降りてきてくれたのであり、この夏の夜、手をつないで二人で線路の土手沿いを歩いているのだ。この夜のいまこの瞬間以外は何もない。朝が来たら、あれは酒と夢の産物だったんだと片付けてしまうだろうが、いまは何もかも、彼女の帽子の傾き具合、彼の足下でざくざく砂利の鳴る音から始まってすべてがリアルだ。彼女は生きている、でも肉体で生きているのではない、皮と骨で生きているのではない、それが彼には好ましい——完璧なマネキンの美しさ、何ひとつ瑕《きず》のない、高みにいる冷ややかさ。クープは彼女を愛しているけれど欲望は感じない、というか感じるけれどその欲望を満たす必要はない。彼女を欲しつづけることだけをクープは欲する、腕にガラスの滑らかさをたたえ首に月光のきらめきを帯びたこの夜の貴婦人を欲することだけを。ティッシュペーパーのように柔らかなワンピースが、歩くのに合わせて長い脚の上で揺れる。小さな完璧な胸は磨き上げた石のように引き締まって見える。マネキンの胸にも乳首はあるんだろうかとクープは考える、どこかで何か読んだことがあるぞ、そして貴婦人のひんやりすべすべした乳首のない胸を思い描こうとしながら、自分が氷の滑らかさをたたえた彼女の体の少女的無垢に惹かれているのか、それともそのエキゾチックで自堕落な艶《なま》めかしさに惹かれているのか、クープにはもはやわからない。下には何を着てるんだろう、あまりにすべすべに華奢なせいで視線を浴びただけで裂けてしまうブラとパンティだろうか。だんだんあらぬ方に思いが至ってきている。頭に血がのぼっている、自分が自分の外に舞い上がったみたいな、狂気の沙汰。自分が何より心を動かされているのが、この貴婦人が突如触《さわ》れるほど近くに来たことではなく、その触《ふ》れえない、この世の外にいるがごとき遠さ、その揺るぎようのない非現実性であることをクープは悟る。そして彼はふと思いあたる。彼が肉体を持っていることは、きっと貴婦人にとって興味深い事実にちがいない。もし彼女が全面的に人間だったらそうはなるまい。そう考えると、ほかの夜だったら不安に陥るかもしれないが、ほかのどの夜とも違うこの夜、その思いは彼を深く喜ばせる。こみ上げてくる喜びとともにクープは彼女を引き寄せ、なぜか夏の雪を彼に思い出させるほのかな香水の匂いを吸い込む。

遭遇

月光から歩み出て人目につかぬ木立の中へ入っていくハヴァストローは、自分が追跡から逃れているという気分を抱く。気持ちが癒されたというのとはちょっと違うが、しばし月のあざけりから離れられた気はする。もぐり込め、二度と出てくるな。この場所は慎重に進まなくては、さもないと根っこにつまずいたり枝に頭をぶつけたりすること必至だ。頭をゴツン《コンク・ヒズ・ココナット》。脳天をボカン《ボンク・ヒズ・ビーン》。月の断片に時おり破られる闇の中を、チンガチグックのごとく油断なく進んでゆく。これぞ太古の森なり。さざめく松と……前方で何かパチパチ足音のようなものが聞こえ、木々のあいだを何かが動いていくのが見える。声をかけようかと思うが、ついためらってしまう。何しろいまは午前三時だし、その影のような姿は何か嫌な感じがするのだ。月の斑点に彩られた闇を、歩いているというよりこそこそ這って進んでいる雰囲気。夏の始めに見た、ムクドリにこっそり迫っている猫をハヴァストローは思い起こす。下手すりゃこっちの腹にナイフがグサリだ。それが僕の望みなのか？　惨事、死、机に向かう悲しみの終わり。ぶっ壊せ、叩きつぶせ。それでも彼は用心深く進む。人影は男のそれだ——角張って、小柄。ハヴァストローは喧嘩なんて全然やらないが肩幅は広く、体はぼってり柔らかく背は高い。這うように進む男のあとを彼は這うように進む。森の中の猟師たち。這うように進む男は突如しゃがみ込み、枝を一本脇へ押しやる。その瞬間、開けた場所がハヴァストローの目に飛び込んできて、月光が広がり、何かがそこに横たわっている——女の子だ、眠っているのか死んでいるのか。

「ヘイ！」ハヴァストローは声を上げて歩み出る。『ジェニー・ガーハート』を頭上にかざし、いまにも石のように投げつける気でいる。

男はさっと首から上だけうしろに回して、跳び上がり、なかば転び、あたふたと木々のあいだを走り去っていく。

裸の女の子は悲鳴を上げている。両手で体を隠そうとしている。

「逃げたよ」とハヴァストローは言って激しく顔をそらし、月光の中へ歩み出る。背中を向けて本を降ろし、ウィンドブレイカーをあわただしく脱ぐ。それをぎこちなくうしろにつき出し、女の子のいる方向に投げてやる。

「僕が見張っているよ。大丈夫。落着きなよ。あの変態に見られずに済んだよ。安心して。シーッ。いなくなったよ。もう大丈夫だから。ほんとに」

うしろでガサゴソ狂おしく動く音がする。何とか気を鎮めてあげたいが、どうやって？　見ちゃいけない。あの小男が戻ってくればいいのに、そしたら頭を木に叩きつけてやる。彼女がここにいることをなぜか男は知っていたのだ。服を脱いでいる、若い女の子。どうかしてる。ハヴァストローも一瞬見た。痩せて色白で、白い小さな胸。さぞ恥ずかしかったろう！

「もう戻ってこないと思うよ」ハヴァストローは言う。「君、大丈夫？」

ふり向くと、彼女はいなくなっている。そりゃそうだ！　夜の幻。刺すように失望がこみ上げてくるのをハヴァストローは感じる。草の生えた、月に照らされた開けた場所に、彼の紺色のウィンドブレイカーが古い映画の警官みたいに片腕をまっすぐつき出して転がっている。何か小さな物がその上に載っている。

近寄って、半分になったライフセイバーを拾い上げる。開けた方の端は銀紙も破れて皺くちゃだが、残った部分を覆う縦縞の包み紙は滑らかで艶やか。いくつかの説明が思いつくけれど——たとえば彼女の服のポケットから落ちたとか——ハヴァストローはそれを彼女からの贈り物と考えたい。月の光でなおもそれを眺め、やがてシャツのポケットに入れてぽんぽん叩く。

片手に持った、ストラップのない腕時計で見て三十分のあいだ、ハヴァストローは開けた場所で見張りに立ち、月光の下を前後に歩き、四方を見回し耳を澄ます。それからウィンドブレイカーとミセス・Kの本を手にとり、家路につく。

森の笛吹き

暗く甘美に、暗く甘美に、夜の調べは子供たちを森のさらに奥へ引き寄せる、象の脚並みに太い木の幹を越え、青い夜の空を背景にインクのように流れる枝の下を通って――流れるインクの枝と象の木、引っかく根とカサカサこすれる葉。月は黒い小枝によって分断される。月はひびの入ったディナー皿だ。ひそひそささやく者たちがすべての木の陰で動く。あの木は骸骨だ、人を抱きしめ殺してしまう。ほらあれ！　魔女の木。死人の木。あれは何？　シーッ。あそこにいるのは誰？　鋭く深く、鋭く深く、夜の音楽が呼びかける。月に染まった森の中を、何も言わぬ子供たち、月の斑点をさざめかせる暗い子供たちが動いていく。だんだん大きく、はっきりと、高まっては低くなる鋭く甘美な音楽が子供たちの頬をかすめ、手や顔に触れ、体を通り抜けて向こう側から出ていく。木々のあいだにすきまが生じ、その開けた場所、小さく盛り上がった土の上に、くるぶしまで草に埋もれて立ち、折り曲げた体を回しながら、黒っぽい笛を吹いている奇妙な男、胸ははだけて耳はとんがり、横腹は毛深く、跳ね回る山羊の脚。くるくる回り、曲げた体はほとんど草に触れそう、すくっと立ち上がる、月の踊り手、笛の夢見人《ゆめみにん》、子供たちは開けた場所に集まってきて森の笛吹きの暗く甘美な音楽に耳を澄ます。みんな聴かずにはいられない。それは地中に棲む小妖精《エルフ》の音、海底に沈む都市の音。開けた場所で子供たちは耳を澄ます。唇をわずかに開いて、目はベールに覆われ瞼は重く。

目覚めるダニー

ダニーは目覚めながら、背にシャツが掛かった椅子とBB弾の穴の空いた窓が見えるものと思ってあたりを見回す。ぶら下がったタオル、紺色の空、自分の体の下の硬さが彼には理解できない。と、すべてがはっきりする。体を起こし、首をさする。庭に横たわったことを、二枚のタオルの影をダニーは思い出す。影たちはさっきとは違う位置に動いていて、いまや車庫の側面近くまで来ている。家に入って寝る時間だ。首は凝っているし、腰も痛いが、ささやかな月の夜寝《よるね》が効いたのか、気分はよくなった。白い夢をめぐるぼんやりした記憶、消えてゆく、捉えようのない記憶――消えた。部屋に上がった方がいい、こんなところにいるのを両親に見つからないうちにベッドにもぐり込もう、また一人頭のおかしいティーンエイジャーだ、閉じ込めてしまえ。お父さん、僕には嘘がつけません。斧で彼の頭を切り落としたのはこの僕です。高速を走るトラック、虫の声、そしてどこかからほかの音――電気のかすかなパチパチ、たぶん彼の部屋の窓の下の街灯だろう。図書館への潜入、ブレイクとの諍《いさか》いをダニーは思い出す。もうずっと前のことに思える。気分は本当にすごくいい。何とかなるさ。夏は大好きだ、永遠に続く暖かい夜も、一人の長い散歩も、黄色い窓も、女の子をめぐる想いも、葉のすきまから光る街灯も。辛抱が肝腎。僕の時はいつか来る。ダニーは立ち上がり、深く息を吸って、月を見上げる。あたかも誰かに見られているかのように、片手を腹に当てて仰々しくお辞儀する。貴婦人の月《レイディ・ムーン》よ、私たちは貴女《あなた》に感謝します。今後もお元気で。ダニーは回れ右して、玄関に向かう。

ささやかな変化

手をつないで彼女はクープと一緒に線路の土手沿いを歩き、木にアルミの番号札がネジ止めされた電信柱の前を過ぎ、トウワタの莢《さや》の前、商店の裏手とゴミバケツの前を過ぎる。街灯の下を通ると二人の影は黄色っぽい光の水たまりの中でどんどん引きのばされるが、決して完全に消えはせず、別の影、月の影が一つめの影から別の角度で這い出てくる。はじめ彼女はその変化を両腕に、こわばりや冷たさとしてではなく、心地よさのわずかな減少として感じる。マネキンの本性へと向かう動き。やっぱり来たか。彼女は商店の屋根が並ぶ上を見上げ、空にかすかな灰色の筋が走っているのを見てとる。土手の側では、金網の上の空は依然輝かしい濃紺色のまま。これが来るしかないことを彼女はひそかに知っていた。ウィンドウに戻らなくてはいけない、いつものポーズを採らなくてはいけない、すでに自分の内に感じられるポーズを。それが外側に向けてじわじわ広がってきている——片腕はわずかに持ち上がり、指は優雅に伸びて、ファッショナブルなサングラスの向こうで目はなかば閉じている。けれどいまは、月が解放してくれたこの夏の夜、二つの世界のはざまを歩きながら、感謝の念に彼女は心を震わせている。

若い

彼はあたしをシャツで覆ってくれた、彼はあたしの両手にキスしている、美しい人、心を裂く人が、そして夜はまだ続く、決して終わらぬありえない夏の夜、なぜならいつだってずっとこうだったのだ、この秘密の場所では、トウヒの木の下では。なぜなら一度ある夜はつねにある夜だから、いまという瞬間こそ唯一ありうる永遠だから。ああ、あたしは野蛮なことを考えてる、夏の月の下で夢の想いをめぐらせている。夜が自分の内にしみ込むのがわかる、あたしは夜と月の娘、あたしの髪は木々の枝の中を流れ、あたしの息は夜の空。あたしは幸せ、本当に幸せ、幸せなあまり大声で叫びたい。けれどその幸せのただなかにあってすでにジャネットはかすかな邪魔を、昼の思いの引っぱりを感じる。じきに家に入らないと、十一時に美容院、二時にビーチ。小うるさい声を彼女は押しやって深く息をする、あたかも夏の夜を丸ごと、トウヒの針葉の匂いからコオロギたちの叫びから、柔らかな衣ずれのような遠くの高速道路を走るトラックの音まですべて呑み込んでしまおうとするかのように。王子さまのように彼は、塔で眠っていたあたしの許に来てくれた。ううん、眠っていたというのともちょっと違うけど、まあとにかく。いまも彼はあたしの両手にキスしている。ジャネットは厳かに思う、これをあたしは思い出すだろう、と。トウヒの枝のすきまから、ほのめく月のかけらが見える。なぜか自分があそこにいるような、あそこから見下ろして思い出しているような奇妙な気分を彼女は覚える。ずっと昔の、彼が両手にキスしてくれたあの夏の夜を彼女は思い出している——彼女がまだ若かった日々の、彼女が野蛮《ワイルド》だった、どんなことでも起こりえた、いつまでも終わらない夜を。

夜の声たちのコーラス

今夜はトウヒの匂いの夜。高い生垣から飛び出してくるハンサムな人の夜。イバラの森で目覚めるお姫さまの夜。おお、待つ君よ――今夜は閉じていた心が開く夜。

クープ一人

クープは疲れている。線路沿いを彼は歩いて家に帰る。頭はいまやすっきりしている、だいぶすっきりしている、すごくすっきりしてはいないけれどさっきよりは少しすっきりしている。彼女に訪れた変化をクープは思い出す。何か遠くのものに耳を澄ますかのように、頭の傾き具合が変わった。あわただしい別れ。街灯の下で、彼女はクープの顔に触れたのだっけ？　追いかけていけばよかった、木偶《でく》の坊みたいにつっ立って彼女が立ち去るのを見ていたりせずに。まばゆい貴婦人が裏道の暗い側の影の中に消えていった。いまやすべてが影の中に消えていきつつある。街灯の下で自分が本当に彼女にキスしたのかもはや自信がないけれど、彼女のサングラスのそれぞれのレンズに光が鋭く反射していたことは覚えているし、彼女の喉で黄色い光がゆらめいていたことも覚えている。朝になったらそれは何か別のものになっているだろう、クープの夏の夜の夢に。けれどいま、線路に沿って家に帰る途中、この晴れた夏の夜の真実をクープは信じる。彼が欲した貴婦人が、あたかもどこか未知の場所、夢よりも深く欲望よりも危険な場所から、彼を癒して世に送り出すべく遣《つか》わされた訪問者のように、高い窓から彼の許に降りてきて、彼の手をとり、彼と一緒に線路の土手沿いを歩いた夜を彼は信じる。

一人で暮らす女がささやかな狡猾さを見せる

女の子たちは夜の中に溶けていき、一人で暮らす女は月に照らされたキッチンの流し台の前に立ってレモネードのグラスを洗っている。身を乗り出すと、暗い窓の上左側のガラスを通して月のかけらが見える。女は彼女たちの名前を思い出している。〈夏の嵐〉、〈黒い星〉、〈夜に乗る者〉、〈紙人形《ペーパー・ドール》〉、〈追越車線《ファースト・レーン》〉。耳許にささやかれた小さな秘密のように、それらの名前は彼女をゾクッとさせる。それらを口に出していると、あの黒い仮面を一つひとつ剝がしているような気になる。夜の中から彼女たち、五人の愛しい女の子たちはやって来た。でもこっちだって狡猾だったのだ――あの子たちが何者なのか、知らないふりをしたのだから。夜をさまよって家に押し入る女の子たちのことは、実は新聞で読んでいた。彼女たちのことを考えてもいた。彼女たちのことを想像してもいた。彼女たちを見た者は一人もいない。でもいま私はあの子たちを見たのだ、黒い仮面を着けた姿を、愛しい女の子たち、娘たち。あの子たちの名前も私は知った。〈夏の嵐〉、〈黒い星〉、〈夜に乗る者〉、〈紙人形〉、〈追越車線〉。この秘密は絶対に明かさない。私はあの子たちのことを理解している。そのことをあの子たちも感じとってくれたと思う。私は本当にあの子たちを理解している。彼女たちは一人で部屋にいられないのだ、どうしても、絶対に、夜の中へ出ていって、誰にも知られぬままでいずにはいられないのだ。なぜならひとたび知られたら自分を失ってしまうけれど、隠れているかぎりは自由なのだから。〈夏の嵐〉、〈黒い星〉、〈夜に乗る者〉、〈紙人形〉、〈追越車線〉。夜空の光を受けて暗く輝くグラスを一人で暮らす女が拭いていると、ある霊感が訪れる。私も名前をつけることにしよう。そしてその名前はやって来る、あたかもずっと呼び寄せられるのを待っていたみたいに。**夏の月の妹**《シスター・オブ・ザ・サマー・ムーン》、と私は名のろう。月は私に優しくしてくれたから、この素敵な夏の夜に私の許にお客さんを連れてきてくれたから。月光がちらちらちら光る暗いキッチンでグラスを拭きながら、彼女は一人ハミングしはじめる。

一人家に帰るハヴァストロー

ハヴァストローは、家に帰りながら、ささやかな冒険を経て生気を取り戻した気分でいる。女の子のことは心配だし、慰めてあげたかった、落着かせてあげたかったと思うが、贈り物のおかげで意を強くしている。夜が危害ではなく救出をもたらしたことを女の子はちゃんとわかっていたのだ。月の光の下、開けた場所で、彼女は服を脱いで眠りに落ちた。貞節にして美しい狩りの女神ディアーナ、処女《おとめ》たちの守り神。ならばさしずめ僕は月の使者。ハヴァストロー、覗き見る輩《やから》を罰する者。月の方をちらっと横目で見ると、空の下の方に降りてきているのが見えて彼は驚いてしまう。月の出と月の入り、東から西へ。でも全然そういうふうには感じられない。彼女はつねにあそこに座し、決して動かないように思えるのだ。ミセス・カスコを苛立たせたことを思い出して彼は内心縮み上がる。永遠を売り込む広告。気のきいた軽口のつもり。すみません、撤回します。女神よ、お許しください。我ら哀れな道化にお情けを。この卑屈な、ドーランを塗りたくったニタニタ笑いの下には哀しみの口があるのです。月に照らされた女の子の白い体をハヴァストローは想い、心の中でさっと目をそらす。シャツのポケットに手を伸ばし、ぽんぽん叩いてライフセイバーがまだそこにあることを確かめる。あの男はたぶんどのみち何もしなかっただろう。一人でこっそり見て愉しむたぐいの奴なのだ。でも確かなことはわからない。『ジェニー・ガーハート』を喰わせれば一コロだっただろう。ずっしり重く、製本もしっかりしている。煉瓦みたいな本だ。助けに馳《は》せ参じたジェニー。芸術の社会的価値。ミセス・Kが聞いたら面白がるだろう。この冒険の夜、女神が自分をこの役柄に選んでくれたことが彼には嬉しい。いまはもう寝床に入りたい。明日はまたやるべき仕事がある。いびつな人生を抱えた三十九歳の落伍者、道化、気のきいたつもりの軽口を叩く男、根っからの負け犬、何の展望もなく腹に贅肉《ぜいにく》のある独身男、でも机に向かえさえすればきっと大丈夫、それ以上を求めはしない。いや、もっと求める、もっとずっと多くを求める、けれど今夜は、ほぼ満月のこの夜、狩りの女神ディアーナの夜に求めるのは、行く手を照らしてくれるささやかな光のみ。夜の空は晴れわたり、東にはわずかに灰色が交じっている。

コロンビーナ

すでに死ぬほど退屈となった兵士との恋愛遊戯を終えたばかりのコロンビーナは、スカートで衣ずれの音を立て扇をはためかせながら、古いトランク、カメラのない三脚、草の汚れがついたボールの収まった埃だらけの野球グラブの前を過ぎ、屋根裏の中の未知の領域へ入っていく。そこには大きな樽がいくつもそびえている。自分が何を探しているのかコロンビーナにはわからない。一人になりたいと彼女は思う、何もかも気が変になりそうなほど退屈だから、でも同時に追いかけられたいという気持ちもある、少なくとも追いかけてくる者を蔑む愉しみはあるから。ひとつの樽の向こうに回り込むと、何かが床の上にあるのが見える。床に誰かが大の字に横たわっていて、明らかに酔っ払っている。見苦しいったらない。だがすぐさま、緩いブラウスと膨らんだ袖を彼女は見てとる。彼は仰向けに横たわり、頭を横に向け、片腕をつき出し、もう一方の腕は胸の上を横切っている。月光の線が一本、明るい傷あとのように喉を貫いている。つき出した手の指のかたわらに銃が転がっている。コロンビーナはためらう。厄介事は嫌だ。この阿呆、前から脅《おど》かしていたことをとうとう本当にやったのか？　苛立たしい思いで、爪先でその体をつっついてみる。小麦粉の袋を押しているみたいだ。ピエロが言い寄ってくるのは鬱陶しいし、彼の存在そのものに苛々させられるけれど、とにかくこの男がいることに彼女は慣れているし、軽蔑の機会が失われるのも嬉しくない。かがみ込んで、乱暴に肩を揺すり、胸に載った力ない手を上げ下げしてみる。ひざまずいて、頬に触れてみる。力が抜けている。死んでいる。死んだピエロはほとんど美しいと言ってもいい。彼女の中、どこか深い底の方で、何かがうごめく。「ねえ、起きて」と彼女はピエロの頬を撫でながらささやく。ピエロの目がパッと開き、彼は哀しげにコロンビーナを見つめる。「阿呆！」と彼女はわめく。そして跳ぶように立ち上がり、怒りもあらわにピエロを見下ろし、大股で闇の中へ歩き去るが、その前にちらっとふり向くことも忘れない。コロンビーナに触れられてまだ頬も温かいピエロは、彼女が衣ずれの音を立てて角を曲がるのを見送るが、やがて敏捷《びんしょう》に立ち上がり、憂いに満ちた追跡を開始する。

夜明け

東の宮殿に住む夜明けの女神は、いま気だるげに長椅子から立ち上がり、目をこすってサフラン色のローブを羽織る。急ぎ足で中庭に赴き、銀の車輪が付いた馬車に乗り込む。二頭の馬がただちに空に舞い上がって、闇を蹴散らす。空に灰色の兆しが見えたとたん、森の笛吹きは顔を上げ、もう一度体を曲げてくるっと回ってから、唐突に笛をやめる。劇的な静寂のなか、笛吹きは空に向けて合図を送り、それから回れ右して森の中へ消える。子供たちは長い夢から覚めて、疲れた様子であたりを見回し、家に帰ろうと歩き出す。仮面を着けた無法者たちはすでに音もなく自宅に戻り、仮面をクローゼットかたんすの引出しに隠して、上掛けを肩の上まで引き寄せた。ジャネットはもう一度庭を見下ろし、彼女の恋人はもう一度手を振ってから生垣の向こうに消えてゆく。人形たちはいまや動きが鈍くなり、手足もこわばってくる。ピエロはコロンビーナに向けて差し出した白い腕を下げることもできず、コロンビーナの美しい体も彼から離れようとしつつももはや逃げられはしない。片目のモコモコ熊はそばのトランクに寄りかかってじっと座っている。ハヴァストローの母親は玄関のドアがカチッと閉まった一瞬だけ目を覚ますが、息子が階段をのぼって来る足音を聞きながら深い眠りに落ちる。自分の部屋のドアを閉めながら、お礼をしたことがあの人に伝わってるといいなとローラは思う。月に照らされた孔雀模様の絨毯の上に黄色いヒャクニチソウが一輪転がっている。開いた窓の網戸ごしに入ってくるトラックの音にもめげずダニーはぐっすり眠っている。図書館にいた連中はもうとっくに立ち去った。クープはシーツに包まれて寝返りを打ちながら夢を見たり目覚めたりをくり返し、マネキンは百貨店のウィンドウで麦わら帽にサンダルという格好でこわばって立ち、赤から緑に変わる途中の信号の方をじっと見やっている。開いた窓から虫の声がやかましく入ってくるが二階の寝室でミセス・カスコは熟睡している。恋人たちや独り者たちはすでに浜辺を去り、暗い水の向こうで空の細い帯がいまや青白い色を帯び、満ち潮が残していった海草や藁《わら》の中をカモメたちが歩き、ほぼ満月の月は空の中のまだ夏の夜である部分で光を放っている。

訳者あとがき

アメリカ東海岸、コネチカット州南部の海辺の町。八月の夜は、たとえば東京の夏よりはいくぶん涼しいのだろう、hot という言葉と warm という言葉が半々くらい使われていて、場所によって暑く感じられもすれば、むしろ快い暖かさが感じられもするようだ。

そんな夏の夜更けを、眠らずに過ごす、いろんな年齢や境遇の男女。何を求めているかもわからず落着かない十四歳の少女、ひとつの小説を長年書きつづけている三十九歳の男、その男を優しく見守る年上の女性、マネキン人形を恋い慕うロマンチストの酔っ払い、仮面を着けて家屋に忍び込む少女たちの一団……ほぼ満月の月が浮かぶ町なかをさまよう彼らの軌跡が交叉するなか、人形たちが目を覚ます。まさしく魔法にかかった夜、*Enchanted Night* という原題そのままの、およそ半世紀前のアメリカを舞台とするおとぎ話である。原書折り返しには「月の光でお読みください」の一言。

一九九九年に発表された、ミルハウザー九作目にあたるこの中篇小説は、内容的にも方法的にも、この特異な書き手の典型と言ってよく、そのコンパクトさともあいまって、いわば絶好の「ミルハウザー入門」となっている。中篇小説という、長篇とも短篇とも違う特殊なジャンルは、一人の人間の物語をたどるよりも、ひとつの共同体全体を鳥瞰《ちょうかん》し、さまざまな人物の絡みあいと緻密な情景描写を通して小宇宙全体の空気を浮かび上がらせることを得意とするこの書き手には実にふさわしい。「入門書」ではあっても余韻は深く、心に残るものは決して軽くない。ミルハウザーを知らない方々にお読みいただくのに好適であるとともに、ミルハウザー愛好者にも十分堪能していただける広がりを持つ一冊である。

本文に注番号を添えたりするのは魔法の邪魔になりそうなので避けたが、作中、二十世紀後半のアメリカで生きた人以外には具体的イメージが摑みにくいかもしれない言及がいくつかあるので、以下に注として付す。これらの情報を知らないからといって作品理解が妨げられることはまったくないが、一読いただいたあと、より深く読みたいと思われた際に活用していただければと思う。

巻頭句《エピグラフ》

3頁　汝、夜を昼に変える／目も綾に眩《まば》ゆき女神　イギリスの文人ベン・ジョンソン（一五七二―一六三七）の有名な詩「月神ディアーナ」の結びの二行。

落着かない

5頁　十二時五分過ぎ。ご自分のお子さんがどこにいるか知っていますか？　一九八〇年代、アメリカのテレビで夜に「十時です。ご自分のお子さんがどこにいるか知っていますか？」というメッセージが流された。

屋根裏の男

11頁　パトロールボーイ　「緑のおばさん」同様に、児童の横断を助ける役を担った小学生。白いストラップから下がった銀のバッジを胸に斜めに掛けた。

窓

18頁　夜はジャネットに一枚の絵画を思い出させる。一面に青い夜空が広がり……　ここでジャネットが思い浮かべているのはアンリ・ルソーの「カーニバルの夜」（一八八六）。

月光のローラ

23頁　あぁ俺を埋めないで《オー・ベリー・ミー・ノット》。寂しぃい大草原に《オン・ザ・ローン・プレイ＝リイィ》　十九世紀前半までさかのぼるよく知られたカウボーイ・ソングの出だし。

23頁　ランチハウス　第二次世界大戦後に中流階級向けの住宅として数多く建てられた、主として平屋の住宅建築。

待つ女

24頁　『ジェニー・ガーハート』　シオドア・ドライサー一九一一年刊の小説。既婚男性の愛人となった女性の不幸を描く。

野の虫の歌

27頁　レッドローバー、レッドローバー　「はないちもんめ」に似た子供の遊びで歌う歌の出だし。

ハヴァストロー語る

44頁　ヤンキークリッパー　ボーイング社製の水上飛行機。

45頁　『クルップの歴史』　ドイツの重工業企業クルップの四百年の歴史を扱ったウィリアム・マンチェスターの歴史書（一九六八）。この小説で言及される中でおそらくもっとも新しいアイテム。

45頁　『スタッズ・ロニガン』　シカゴの移民社会を描いたジェームズ・ファレルの三部作小説（一九三二―三五）。ドライサーやファレルなど、ミセス・カスコの趣味は古風なリアリズム小説に傾いている。

45頁　『西洋の没落』二巻本　オスヴァルト・シュペングラー著の哲学的歴史書で第一次世界大戦後のベストセラー（一九一八―二二）。

49頁　あばよ残酷な世界　自殺する直前の人間が口にするとされる決まり文句。

人形たちの目覚め

54頁　リトルボーイ・ブルー　マザーグースに出てくる、羊の番もせずに眠っている羊番の少年。

図書館で

58頁　一方牧場では　原文は meantime uptown back at the ranch: 元来は "meanwhile, back at the ranch" の形で使われ、無声映画時代の西部劇の字幕に文字どおりの意味で使われたが、いまはおおむね冗談半分に、単に「一方……では」の意味で使われる。

59頁　谷間の底、はるか下では　フォークソング「ダウン・イン・ザ・バレー」の歌い出し。

雪に包まれたスモーキー山の頂では　フォークソング「オン・トップ・オールド・スモーキー」の歌い出し。

60頁　軍隊は君を求めている　アンクル・サムが見る者を指さしている、入隊を求める有名なアメリカ陸軍のポスターの文句。

死を愛する思いを胸に

84頁　これぞ太古の森なり、さざめく松と栂《ツガ》……　かつてアメリカで国語教科書の定番だったロングフェローの詩「エヴァンジェリン」の一節。

84頁　シャーウッドの森　ロビン・フッドのすみか。すぐあとに出てくる「修道士タック」もロビン・フッドの物語に出てくる、まさにビール腹のなまぐさ修道士。「ミラー」「バド」はもっとも一般的なアメリカのビールの銘柄。

キス

121頁　好男子とは好ましくふるまう人《ハンサム・イズ・アズ・ハンサム・ダズ》　英語のhandsomeは普通は見た目のよさを表わすが、「行ないが立派な」を意味する場合もあり、これはそれに引っかけたことわざで、「見目より心」。

122頁　ニブルニブル、小さなネズミ。あたしのおうちをニブルニブルしてるのは誰？　『ヘンゼルとグレーテル』の魔女の科白。

線路沿いを行くクープ

126頁　黒い鉄の跨線信号台《ガントリー》　ほかの登場人物たちが「あれは何と呼ぶんだろうか」などと思っているのとは違い、クープは線路の上に架かった建造物の名称を知っている。

128頁　別人になってお越し下さい　原文は Come as you aren't で、招待状の常套句 Come as you are（正装不要、普段着でお越し下さい）のもじり。

月光のハヴァストロー

134頁　リンゴの種を蒔《ま》く者　リンゴの種や苗木を配って歩いたという伝説的人物ジョニー・アップルシード（一七七四―一八四五）を踏まえている。

134頁　開拓者《パスファインダー》、鹿殺し《ディアスレイヤー》　ジェームズ・フェニモア・クーパーの、どちらも開拓者ナッティ・バンポーを主人公とする小説の題名（一八四〇、四一）

134頁　陽焼けした頬の裸足の少年　ジョン・グリーンリーフ・ホイッティア（一八〇七―九二）の有名な詩「裸足の少年」より。

134頁　フーサトニック川を行くハック・フィン　本来のハック・フィンはむろんミシシッピ川を行く。

134頁　アライグマ皮帽《クーンスキン・キャップ》の食わせ者爺さん　アライグマ皮帽はダニエル・ブーン、デイヴィ・クロケットといった開拓時代の英雄を連想させる。

134頁　インディアン相手のアメリカ製ジーンズ配給業者　これは失敗に終わった事業の例。

134頁　独りさまよう者《ローン・レンジャー》、さすらいの旅人《ウェイフェアリング・ストレンジャー》　前者は有名なテレビ番組の、後者は有名な民謡のタイトル。

135頁　荷馬車遠出《ヘイ・ライド》　小さな町で、ハロウィーンの晩に提供される娯楽。お化け屋敷的な風景が周りで展開されるのが常。

135頁　ああ、荒野！　パン一斤、ワイン一壜、そして四万ドル　『ルバイヤート』英訳の有名な一節を踏まえている。ただしthou（汝）がforty thou（四万ドル――thouはこの場合thousandの略）に化けている。

遭遇

163頁　チンガチグック　前述フェニモア・クーパーの一連の小説の主人公ナッティ・バンポーを導くインディアンの賢者。

森の笛吹き

167頁　暗く甘美に、暗く甘美に、夜の調べは子供たちを森のさらに奥へ引き寄せる……　この笛吹きのエピソード全体が、鼠退治の報酬を村人たちが支払わなかったために子供たちを連れ去った「ハーメルンの笛吹き男」の伝説を踏まえている。

目覚めるダニー

170頁　お父さん、僕には嘘がつけません。斧で彼の頭を切り落としたのは……　言うまでもなく、桜の木を切ったことを正直に打ちあけたとされるジョージ・ワシントンの（おそらくは捏造された）逸話を踏まえている。

昨二〇一五年に『ある夢想者の肖像』を出したのに続いて、今年も敬愛するミルハウザー氏の作品の拙訳を出せた上、かつ今回は今年の五月に予定されているご本人の初来日に合わせて刊行できてとても嬉しい。まだ未邦訳書が何冊かあるので、今後は年一冊のペースで刊行していきたい。読者の皆さんからもご支持いただければ幸いである。

以下に、ミルハウザーの作品リストを挙げる。

Edwin Mullhouse: The Life and Death of an American Writer, 1943–1954, by Jeffrey Cartwright（1972）長篇『エドウィン・マルハウス』岸本佐知子訳、河出文庫（二〇一六年六月刊予定）
Portrait of a Romantic（1977）長篇『ある夢想者の肖像』柴田元幸訳、白水社
In the Penny Arcade（1986）短篇集『イン・ザ・ペニー・アーケード』柴田訳、白水Uブックス
From the Realm of Morpheus（1986）長篇
The Barnum Museum（1990）短篇集『バーナム博物館』柴田訳、白水Uブックス

Little Kingdoms（1993）中篇集『三つの小さな王国』柴田訳、白水Uブックス
Martin Dressler: The Tale of an American Dreamer（1996）長篇『マーティン・ドレスラーの夢』柴田訳、白水Uブックス
The Knife Thrower and Other Stories（1998）短篇集『ナイフ投げ師』柴田訳、白水Uブックス
Enchanted Night（1999）本書
The King in the Tree（2002）中篇集
Dangerous Laughter: Thirteen Stories（2008）短篇集
We Others: New and Selected Stories（2011）短篇集
Voices in the Night（2015）短篇集

いつものとおり、刊行にあたっては白水社編集部の藤波健さんにお世話になった。また牛尾篤さんは今回も味わい深い絵を表紙に描いてくださった。この場を借りてお二人にお礼申し上げます。
小さいながら、魔法のぎっしり詰まったこの本が、多くの方々を魅了しますように——

二〇一六年三月

柴田元幸

装丁　奥定泰之
カバー装画　牛尾　篤

訳者略歴
柴田元幸（しばた・もとゆき）
一九五四年生まれ。米文学者・東京大学特任教授・翻訳家。ポール・オースター、スティーヴン・ミルハウザー、スチュアート・ダイベック、スティーヴ・エリクソン、レベッカ・ブラウン、バリー・ユアグロー、トマス・ピンチョン、マーク・トウェイン、ジャック・ロンドンなど翻訳多数。『生半可な學者』で講談社エッセイ賞、『アメリカン・ナルシス』でサントリー学芸賞、『メイスン＆ディクスン』で日本翻訳文化賞受賞。

魔法の夜

二〇一六年 六 月 五 日 第一刷発行
二〇一六年 八 月一〇日 第三刷発行

著 者 スティーヴン・ミルハウザー
訳 者© 柴 田 元 幸
発行者 及 川 直 志
印刷所 株式会社 理想社
発行所 株式会社 白水社

東京都千代田区神田小川町三の二四
電話 営業部〇三（三二九一）七八一一
編集部〇三（三二九一）七八二一
振替 〇〇一九〇 - 五 - 三三二二八
郵便番号 一〇一 - 〇〇五二
http://www.hakusuisha.co.jp
乱丁・落丁本は、送料小社負担にてお取り替えいたします。

株式会社松岳社

ISBN978-4-560-09241-5

Printed in Japan

白水社の本

■スティーヴン・ミルハウザー 著
Steven Millhauser
柴田元幸 訳

ある夢想者の肖像

死ぬほど退屈な夏、少年が微睡みのなかで見る、終わりのない夢……。ミルハウザーの神髄がもっとも濃厚に示された、初期傑作長篇。

ナイフ投げ師

自動人形、空飛ぶ絨毯、百貨店、伝説の遊園地……ようこそ《ミルハウザーの世界》へ。飛翔する想像力と精緻な文章で紡ぎだす、魔法のような十二の短篇。語りの凄み、ここに極まる。《白水Uブックス》版もございます。

バーナム博物館

自動人形、盤上ゲーム、魔術、博物館……。『不思議の国のアリス』や『千一夜物語』を下敷きにして夢と現実の境を取りはらった驚異のミルハウザー・ワールドへようこそ！《白水Uブックス》

マーティン・ドレスラーの夢

二十世紀初頭のニューヨーク、想像力を武器に成功の階段を昇る若者の究極の夢は、それ自体がひとつの街であるような大規模ホテルの建設だった。ピュリツァー賞受賞の傑作長編小説。《白水Uブックス》

三つの小さな王国

絵の細部に異常なこだわりを見せる漫画家、中世の城に展開する王と王妃の確執、呪われた画家の運命。俗世を離れてさまよう魂の美しくも戦慄的な高揚を描くピュリツァー賞作家の中篇小説集。《白水Uブックス》